# NÃO É SÓ UMA HISTÓRIA DE AMOR

MARIANA SAMPAIO

# NÃO É SÓ UMA HISTÓRIA DE AMOR

Outro Planeta

*Organização de conteúdo:* Ricardo Sil
*Preparação:* Elisa Nogueira
*Revisão:* Ler & Escrever – Produções Editoriais e Malu Poleti
*Diagramação:* 2 estúdio gráfico
*Capa:* Vitor Gentil

CIP-BRASIL. CATALOGAÇÃO NA PUBLICAÇÃO
SINDICATO NACIONAL DOS EDITORES DE LIVROS, RJ

S184n

Sampaio, Mariana
Não é só uma história de amor / Mariana Sampaio. - 1. ed. - São Paulo : Planeta, 2016.

ISBN 978-85-422-0769-9

1. Ficção brasileira. I. Título.

16-35393 CDD: 869.3
CDU: 821.134.3(81)-3

2016
Todos os direitos desta edição reservados à
EDITORA PLANETA DO BRASIL LTDA.
Rua Padre João Manuel, 100 – 21º andar
Ed. Horsa II – Cerqueira César
01411-000 – São Paulo-SP
www.planetadelivros.com.br
atendimento@editoraplaneta.com.br

*Let the music in tonight*
*Just turn on the music*
*Let the music of your life*
*Give life back to music*
Daft Punk

# 1

Era uma sexta-feira de temperaturas amenas. Os termômetros da cidade de São Paulo marcavam em torno de 25 graus. "Um ótimo clima para o primeiro dia do inverno", anunciou Zuleika Vieira, a moça do tempo, no jornal da manhã. "Como se houvesse inverno nos trópicos", Laura pensou em voz alta. Final de semana chegando e agenda livre. Nada de compromissos profissionais nem familiares. A mãe até queria que ela fosse visitá-la no interior. Tinha um assunto importante pra falar. Mas, como conhecia bem a mãe – uma filha de espanhóis, de sangue quente e dramática –, não deu muita bola. Os assuntos da mãe eram sempre urgentes, impreteríveis, improrrogáveis.

— Mãe, nesse final de semana não! Já consultei a previsão, céuzão azul, estradas abertas, pouco trânsito. Vou pra casa de Ubatuba. Você não emprestou pra ninguém, né? Vamos eu e o Beto.

Beto era Roberto, seu melhor amigo desde os tempos da faculdade. Fizeram o curso de Comunicação Social juntos e, desde então, não se desgrudaram mais. Unha e carne. Não podiam ser mais diferentes. Ela, loirinha, classe média, sempre teve acesso a todos os privilégios na vida: roupas de grife, viagens, festas. Ele, negro, oriundo de uma família do sertão baiano, teve de ralar muito pra bancar os custos de sair de sua cidade e os dos estudos. Mas, de alguma maneira, houve uma sintonia imediata assim que se viram, talvez porque tenham detectado um no outro uma qualidade cada vez mais rara nas pessoas: autenticidade.

Ainda curtindo uma preguicinha matinal, Laura se irritou quando o telefone tocou pela terceira vez seguida. Olhou no visor: “Beto”.

— O que é que foi, Beto? Não são nem nove horas da madrugada ainda!

— Acorda! Esqueceu que dia é hoje?

— Como assim? Que dia é hoje?

— Hoje é 21 de junho de 2016.

— É aniversário de alguém? Meu Deus! É aniversário do John, editor-chefe? Você comprou presente, flores, bombons? Ele não gosta de passas, não compra chocolate com passas!

— Não é nada disso! Hoje é o dia em que euzinho vou virar uma estrela nacional! Hoje é meu primeiro dia como moço do tempo! Saio do noticiário local e vou para a grade nacional! Minha família tá tão orgulhosa de mim! O prefeito de Piraporinha do Bom Jesus até mandou colocar um telão na praça!

— Parabéns!

— Laura, como assim “parabéns”? Onde é que você tá?

— Em casa.

— Ainda? Esqueceu que você ficou de me dar uma carona? Eu tenho que tá no estúdio daqui a cinquenta minutos pra ensaiar. Ou você acha que é fácil olhar pro *croma key* e falar "vai chover em Belém e ventar em Jericoacoara"? Gata, tem que ter um senso de direção ao qual eu não tô habituado. Esqueceu que sou de Libra?

— Putz! Esqueci da carona!

— É melhor eu pegar um Uber então, né?

— Não! Espera na porta do seu prédio que tô passando aí em vinte minutos!

— Vinte minutos, hein? Passa um *BB cream* e vem logo!

Laura espreguiçou-se longamente e levantou-se da cama. Ela vinha se sentindo desanimada nos últimos dias. Não sabia bem por quê. Não era um cansaço físico, já que havia tempos trabalhava como repórter substituta em um programa de variedades e nem sempre pintavam *jobs*. Ela e Beto eram contratados da mesma emissora de TV. Começaram cedo, como estagiários, aos dezoito anos. Mas, enquanto o amigo havia tido uma ascensão profissional estratosférica, de redator de programa de culinária para moço do tempo, ela havia estagnado. Não sabia o motivo pelo qual não tinha investido mais em si e na carreira. Gostava do *spotlight*, dos refletores, e queria ser reconhecida, mas às vezes vinha uma sensação de que fazer parte de uma equipe de programa de TV, emprestando sua bela imagem para falar sobre moda ou decoração, era pouco. Queria mais. Queria alegrar-se e, com isso, alegrar o mundo.

De frente para o espelho em sua suíte, encarou-se. "Vamos animar, mulher! Hoje é sexta!" Maquiou-se, botou um vestido florido e saiu de casa. Já no carro, passou um batonzão vermelho, fez biquinho e tirou uma selfie. Postou no Insta com a *hashtag* #partiuestudio.

Nas ruas, o trânsito não contribuía muito. A marginal Pinheiros estava parada. Ela ligou para Beto, disse para ele se tranquilizar – "Fé, acredita, vai dar certo" – e passou num Starbucks, pois não era ninguém antes de tomar seu *mocha*. Não chegou bem em vinte minutos, mas dezessete minutos de atraso era quase uma pontualidade britânica no trânsito de São Paulo.

— Um dia eu ainda compro uma bicicleta — resmungou Beto assim que entrou no carro.

— Calma, Beto! Vai dar tudo certo! Hoje é sexta, amanhã é sábado e depois de amanhã é domingo!

— Ui! Quanta euforia! Pois saiba que o sábado é uma ilusão, o domingo é um suspiro e a segunda, meu amor, a segunda sim é a realidade!

— Nossa! Quanta amargura pra quem vai ser promovido!

— Eu tô nervoso! Sabe aquela sensação de que alguma coisa vai dar errado?

— Mas o que é que pode dar errado? Você sempre foi tão caxias! Decorou as capitais de todos os estados no quinto ano!

— Mais ou menos. Eu ainda confundo as capitais de Roraima e Rondônia.

— Relaxa. Vai dar tudo certo. Vamos fazer nossa brincadeira?

— Que brincadeira?

— Eu ligo o rádio. Se estiver tocando uma música alegre, é porque tudo vai dar certo. Se for uma música triste é porque as coisas vão ser um desastre total — disse Laura ao mesmo tempo que ligava o rádio do carro. Na FM, tocava um sucesso de Renato Villaça, um cantor de rock das antigas. Laura cantarolou efusivamente uma letra que dizia que a vida era boa.

— Eu amo essa música! Vai dar tudo certo!

— Hum, você curte o Renato Villaça? Taí um lado seu que eu não conhecia...

— Sem ironia, bebê. Sabe memória afetiva? Eu tenho esse lance com o Renato Villaça. Minha mãe ouvia muito quando eu era criança. Na época, eu achava uó, mas hoje eu até curto. Me dá uma coisa boa, uma nostalgia gostosa da infância.

— E por falar na sua mãe, como é que anda a dona Cláudia?

— Dramática como sempre, né? Acredita que ela queria porque queria que eu desmarcasse nossa viagem pra Ubatuba porque tem uma coisa importantíssima pra me dizer e só pode ser pessoalmente?

— E você não vai encontrar com ela pra saber o que é?

— Claro que não, Beto. Cê não conhece minha mãe? Não sabe como ela vive fazendo tempestade em copo d'água?
— Nesse momento, o telefone de Laura vibrou. Era sua mãe.
— Ih, não morre mais.

— Laura, você não vai atender o telefone. Você tá dirigindo, mulher, olha o trânsito!

Laura atendeu. Tinha o péssimo hábito de falar ao celular enquanto dirigia.

— Alô, mãe! Fala rápido, tô no trânsito!

— Minha filha, como é que tá sua agenda hoje? — perguntou Cláudia, num tom seco, sem firulas.

— Está um pouco atribulada... Mas, mãe, o que é que você tem de tão importante pra me falar que não pode ser dito agora? É alguma coisa com você, com o papai?

— É justamente sobre seu pai que eu quero falar.

— Ele tá doente? Fala logo, mãe!

— Eu não posso dar essa notícia por telefone. Eu tô aqui em São Paulo. Vamos nos encontrar no seu horário de almoço?

— Você tá aqui em São Paulo? Você se abalou de Santa Rita até aqui? Pelo visto, a coisa é grave mesmo...

Laura sentiu um calafrio percorrer a espinha. Beto, ao seu lado, estava apreensivo.

— Laura, Laurinha, tá acontecendo alguma coisa? Olha pra frente, amiga! — disse ele, num tom desesperado, pressentindo o pior. — Laura, olha o farol! — Beto não teve tempo de dizer mais nada.

Quando Laura se deu conta de que tinha ultrapassado o sinal vermelho era tarde demais. Um carro que vinha na pista perpendicular bateu com tudo na lateral do carro dela, afundando a porta do motorista. Do outro lado da linha, a mãe percebeu que alguma coisa grave tinha acontecido.

— Laurinha, minha filha, fala comigo — pediu a mãe.

Laura não respondeu. Estava atordoada. Abriu a porta. Saiu do carro. Beto saiu em seguida.

— *Oh, my Gosh!* O que foi que aconteceu?

De um minuto para o outro, o cruzamento das ruas Henrique Schaumann e Teodoro Sampaio estava parado. Motoristas vindos de todas as direções buzinavam incessantemente. Uma multidão de curiosos cercou o lugar.

— Calma, Beto! Vai dar tudo certo!

— Irresponsável! — berrou o rapaz que saía do outro carro, cuja lataria dianteira ficara toda amassada.

— Calma, cara! Vamos conversar! — disse Laura, ao mesmo tempo ponderada e nervosa.

— Conversar? Você tem noção do que fez, sua patricinha? Uma pessoa como você deve ser interditada! Onde foi que você comprou sua habilitação? — gritou o rapaz, com o dedo apontado pra ela, quase em posição de ataque.

— Ei! Calma aí! Eu tava distraída!

— Distraída! Você tava no celular! Eu vi!

— Laura, o momento não é propício pra argumentar nada. O rapaz tem razão. Você vacilou. Aceita que dói menos.

Vamos resolver logo esse perrengue que eu tenho que brilhar ainda hoje!

— Pelo menos seu amigo parece ter bom senso — disse o rapaz.

— Bom senso eu sempre tenho, o que eu não tenho neste momento é tempo... Qual é o seu nome?

— Júnior — respondeu o rapaz.

— Prazer, Júnior — disse Beto, estendendo a mão.

— Cara, me desculpa, mas não é um prazer te conhecer, não nestas circunstâncias. Eu só quero saber quem é que vai pagar pelo estrago no meu carro.

— Laurinha, resolve essa questão aí, miga! Liga pro seguro, pra polícia, pro bombeiro, pro guincho, sei lá. Eu tenho que voar pra TV.

— Vai nessa. Daqui a pouco eu chego lá — disse Laura.

Beto despediu-se apressadamente da amiga e saiu de cena. Laura ainda não sabia direito o que fazer. O dia havia começado com perspectivas tão afáveis. Não era nada fácil ser o epicentro daquele furacão. Olhou para Júnior, que estava agachado, bufando e examinando a lataria esmagada do carro.

— Ei! Vamos sair do meio da rua e tomar um café. Fica tranquilo. As coisas vão se ajeitar! Eu garanto.

Enquanto caminhavam para um posto, Laura olhou disfarçadamente para Júnior e reparou no cabelo propositalmente desalinhado, no corpo magro, nos olhos puxados e nos lábios carnudos, mas também na camisa polo enfiada para dentro da calça e nos sapatos, e pensou "Até que é bonitinho... Se não fosse tão coxinha, poderia até chamar pra tomar um drinque".

*I was beat, incomplete.*
*I'd been had, I was sad and blue*
*But you made me feel*
*Shiny and new*
Madonna

# 2

Naquela cidadezinha não havia muito o que fazer, ainda mais nos idos de 1985, mas Cláudia não se dava conta disso. É verdade que sonhava em conhecer outras cidades do mundo. Uma vez por ano, Leandra, uma prima do Rio, vinha passar as férias em Santa Rita do Pinhal e contava-lhe as novidades da capital carioca. Cláudia ficava radiante com o universo que se apresentava nas conversas com a prima. Os pais sempre prometiam que a deixariam visitar a Cidade Maravilhosa, mas, quando chegavam as próximas férias, adiavam a viagem com a desculpa de que ela ainda era muito nova, que não tinha juízo suficiente, que primeiro era preciso nascer o siso.

Leandra, a tal prima carioca, como era de se esperar, foi se entediando cada vez mais com as viagens para Santa Rita, à medida que o siso dela também ia aparecendo, mas nunca se esquecia de Cláudia. Todo começo de ano chegava uma caixa lotada de fitas de vídeo, fitas cassetes e livros, além, é claro, de muitos vinis. Foi graças à prima que Cláudia assistiu *Footloose* e *Os Caça-Fantasmas*, cantou entusiasmada "Time After Time" e leu com uma curiosidade primitiva *O Segundo Sexo*, de Simone de Beauvoir.

A caixa que a prima costumava enviar em dezembro chegava com certo atraso, mas Cláudia sabia que não falharia, que sempre chegaria no primeiro mês do ano seguinte. Se por acaso passasse do dia dez, ela já começava a ir todos os dias à agência do correio e perguntar por sua tão aguardada encomenda.

Em 1985, a caixa não chegou na data esperada, o que fez com que Cláudia passasse da ansiedade ao desapontamento, pensando que, enfim, a prima também não se lembrava mais dela, perdida naquele fim de mundo. Mas a caixa veio, com um atraso mais que justificado: em viagem aos Estados Unidos, a prima mandava as lembranças diretamente de lá, da terra do Tio Sam.

A caixa com músicas, filmes e notícias do mundo pop era um respiro para Cláudia e Lurdinha, sua melhor amiga, na chatice interiorana de Santa Rita. Estavam no terceiro ano do ensino médio. No final do ano, concluiriam os estudos e teriam de escolher um curso para o qual tentar o vestibular. Talvez fizessem magistério mesmo e se tornassem professoras. Talvez passassem de primeira no vestibular. Ainda tinham dúvidas se tentariam Pedagogia ou Economia Doméstica ou qualquer outro curso que pudesse garantir um emprego na região. Talvez Cláudia fizesse cursinho durante o ano seguinte até decidir o que realmente queria da vida. Talvez, talvez...

Mas, naquele começo de ano, as duas amigas só tinham cabeça para uma coisa: o baile. O grande baile de formatura. Com que roupa iriam? Com um vestido tradicional ou algo mais ousado, na linha gótica contemporânea pós-punk disseminada por Cyndi Lauper? Como seria a festa? No salão do clube Iásbeck ou na casa de campo de um amigo mais abastado? Quais músicas tocariam? *Dance music* não poderia faltar, com certeza. Valsa já estava ultrapassado. Teria dança com os pais? Os velhos tinham de entender que os tempos eram outros. Mais que tudo, o que elas realmente queriam saber é quem iria tirá-las para a primeira contradança. Quem seria o príncipe encantado que apareceria até o fim de ano no meio de tantos sapos sem graça?

Para Lurdinha, Cláudia tinha tirado a sorte grande, já que Pedro estava parado na dela, mas ela, bem, ela nem queria saber de Pedro, um CDF mauricinho que tirava dez em todas as matérias, que nunca tinha ficado de recuperação, que sempre ajudava os alunos retardatários nas aulas de reforço. Pedro era gentil e tinha um rosto bonito, apesar dos óculos fundo de garrafa que o deixavam um pouco apagado.

Cláudia não sabia explicar bem por que não cedia às tímidas e atrapalhadas investidas de Pedro. Achou até graça quando ele levou para ela um botão de rosas com espinhos. Mas faltava alguma coisa que ela não sabia direito explicar, alguma coisa que ainda não havia sentido por ninguém. Como na canção da Madonna, ela queria encontrar alguém que a fizesse se sentir nova em folha.

E esse alguém apareceu logo no começo do ano letivo. Seu nome era Renato, um cabeludo recém-chegado de Londres para Santa Rita do Pinhal. Com certeza ele acharia a cidade um bode sem tamanho. Quem eram os pais desse cara, os malucos que simplesmente o tiraram da cidade mais cosmopolita do mundo para vir morar numa roça sem graça como Santa Rita, cujo maior passatempo era sentar no coreto da praça para ver a vida passar, a sua e a dos outros?

Renato parecia ter plena consciência do tédio infinito que estava por vir durante aquele ano letivo. Tinha um ar cansado, de poucos amigos, e olheiras profundas, como se fosse um desvalido, um doente sempre prestes a se recuperar de uma crise asmática; os cabelos jogados diante dos olhos enquanto fumava e soltava a fumaça meio de lado, um charme que fazia todas as garotas do colégio suspirarem em coro. Era ele o cara que Cláudia tanto esperara para levá-la ao baile, mas o problema era que dez entre dez meninas da sua turma tinham o mesmo desejo. E Cláudia não achava que estava em plenas condições de concorrer com elas. Por isso, achou melhor manter esse sonho em segredo, principalmente quando Ludmila começou a arrastar suas asinhas para o mais novo objeto da cobiça feminina do terceiro ano.

Quando se olhava no espelho, Cláudia não se achava feia nem bonita. Os cabelos eram negros e muito grossos, era um pouco bochechuda e tinha dentes tortos. Ludmila era uma espécie de *femme fatale*, tão em voga nos filmes franceses, uma mistura de Brigitte Bardot com Jane Fonda, com longos cabelos loiros, bumbum empinado e pernas torneadas à base de muitas corridas de patins. Nessa época, Cláudia se perguntou se tinha valido mesmo a pena perder tanto tempo lendo Simone de Beauvoir em vez de aprender um pouco mais com Olivia Newton-John em *Grease: Nos Tempos da Brilhantina.*

*And it was you*
*The one that would be breaking my heart*
*When you decided to walk away*
Daft Punk

# 3

— Calma, mãe! Não foi nada grave! Eu tô bem! — Laura tentava acalmar a mãe enquanto percebia a impaciência de Júnior ao seu lado. — Mãe, eu vou ter que desligar. Tenho que resolver umas coisas aqui — concluiu ela, encerrando a ligação.

— Espero que o estrago que você fez no meu carro esteja dentro dessas coisas, já que meu dia de trabalho você não vai conseguir consertar.

— Ei! Eu sei que a situação não é das melhores, mas não precisa ser grosseiro também!

— Ah, não? Você provoca uma batida porque estava irresponsavelmente falando ao celular, e quando eu acho que, enfim, você vai se comportar como uma adulta, me chamando pra conversar pra gente chegar num acordo, você de novo não larga esse maldito celular. Vem cá, garota, qual é o seu problema?

— Tenho vários, entre eles não saber lidar com caras mal-educados que se acham a última bolacha do pacote.

— Ah, agora você ainda vai me ofender? E você quer que eu te trate como? Quer que eu mande rosas pro seu endereço?

— Eu só quero que você seja um pouco mais paciente. Caramba! Eu já liguei pro seguro. Eu já te passei meu telefone, vou arcar com todos os custos!

— Quer dizer, não vai fazer mais do que sua obrigação.

— Toma — disse Laura, entregando um cartão para Júnior.

— O que é isso?

— Meu cartão. Eu acho que a gente não tem mais nada o que conversar. Vou falar com a seguradora, que vai cobrir todos os custos. Sinto muito pelo que aconteceu, mas você pode ter certeza de que, se não foi um prazer pra você me conhecer, a recíproca é verdadeira — disse Laura, dando as costas para Júnior e ligando o celular novamente.

Quando finalmente chegou ao estúdio, Beto percebeu que não decolava em nenhum céu de brigadeiro. Faltavam apenas dez minutos para ele entrar ao vivo no ar. Mesmo tendo avisado a todos no estúdio sobre a confusão, John, o editor-chefe do jornal, já o havia substituído às pressas. Na verdade, não era apenas uma substituição. John deixaria as coisas como estavam. Em vez de promover Beto, manteria Zuleika na apresentação da previsão do tempo, trabalho que ela já executava com maestria havia cinco anos, mas que abandonaria devido a um preenchimento facial malsucedido. O tempo costuma ser cruel com as estrelas de TV, e os telespectadores não pouparam críticas quando Zuleika surgiu, de um dia para o outro, com o rosto inchado de botox. A *hashtag* #zuleikainflada viralizou, fazendo com que John pensasse num substituto para a moça (ou senhora) do tempo.

Fora então que lhe viera à mente a ideia de colocar Beto à frente do quadro. Com um visual jovem e descolado e cabelos armados em estilo black power, o novo moço do tempo seria uma inovação e tanto, além de que, se o problema para o público era a ausência de frescor de Zuleika, a cútis de Beto, no esplendor dos seus vinte e cinco anos, era de uma vivacidade fantástica.

Mas o que Beto não podia imaginar é que sua beleza distribuída por um metro e oitenta e seis num corpo milimetricamente esculpido à base de muito pilates e musculação não impediria que ele passasse por uma situação tragicômica no dia que seria o mais importante de sua vida. Mais suado que um camelo no deserto, bufando como um maratonista sedentário depois da São Silvestre, Beto implorou por uma última chance:

— Eu dou conta do recado, John! Eu esperei a vida inteira por este momento! Já postei no Face, no Twitter, no Insta, todos os meus seguidores estão esperando pra me ver ao vivo. A *hash* #betomoçodotempo tá bombando. Tem até uma banda de fanfarra na minha cidade natal, e no mês que vem eu vou até lá pra receber a faixa de cidadão ilustre. Não faz isso comigo, John, *please*!

— Não dá! Olha como você tá! Todo suado!

— Isso não é problema! — disse Beto, estalando os dedos. Em cinco segundos, uma equipe de maquiadores e figurinistas apareceu. Beto começou a se despir ali mesmo, trocando de roupa numa velocidade estonteante. A moça da maquiagem se esforçava para passar o pó enquanto ele se agachava para trocar os sapatos.

— Beto, não! Nem adianta! — disse John.

— Eu também acho que não — interveio maliciosamente Zuleika Vieira. — Os telespectadores têm que acreditar minimamente no que estão vendo... E você, bem, você não é exatamente *um moço* do tempo.

— O que você tá querendo dizer, Zuleika? — retrucou Beto, nervoso, pois não esperava a intromissão da colega.

— Para bom entendedor, meia palavra basta — disse a veterana.

— Algum problema com minha sexualidade? — retrucou Beto.

Neste momento, John assistia a discussão a distância.

— Problema nenhum. Eu só acho que as senhorinhas do interior de Cabrobó querem um cabra-macho pra falar da chuva no sertão.

— Os tempos são outros e as senhorinhas do interior de Cabrobó querem saber se quem elas estão vendo realmente sabe do que está falando. Credibilidade não tem nada a ver com masculinidade ou com o que quer que você esteja querendo insinuar.

— Eu não estou querendo insinuar nada. Eu apenas acho...

— Você não tem que achar nada — interveio John de maneira ríspida. — TV não é feita de achismo, mas de profissionalismo. Coisa que anos de experiência parecem não terem dado a você, Zuleika. Beto, tudo pronto? Você entra em dois minutos!

Sem conseguir acreditar no que acabara de ouvir, Beto sentiu um espasmo de alegria. Tinha certeza de que se sua aura pudesse ser vista, teria um tom fúcsia intenso. Ele se concentrou e entrou. Ao vivo. Para todo o Brasil.

Apontando para o cenário vazio que se transformava num mapa dinâmico e alegre na casa de todos os telespectadores, Beto começou a previsão:

— É um frio típico dessa época do ano, mas ainda é um frio moderado, com temperaturas agradáveis.

Tudo parecia correr de vento em popa até que...

— A máxima chega a trinta e sete graus em Cuiabá, um calor dos infernos! Uma frente fria vinda do sul do país, bá tchê! Uma massa de ar seco, mais seco que a pele da apresentadora do jornal, domina o cerrado e faz com que a umidade relativa do ar fique em torno de quinze por cento. Quem mudou o texto? — gritou Beto para, logo em seguida, sair correndo estúdio afora em lágrimas.

Num canto do estúdio, Zuleika ria timidamente.

— Foi você, né? — Foi Laura quem desferiu a frase ao

mesmo tempo que fulminava Zuleika com o olhar.

— Do que é que você tá falando, patricinha? — respondeu Zuleika, subitamente, recolhendo o sorriso.

— Você sabe muito bem. Mas o mundo dá voltas. Um dia, a gente tá em cima; no outro, embaixo. Pode esperar que o que é seu tá guardado.

— O que é isso? Engoliu um gravador cheio de frases clichês? Vê se me erra, urubu — disse Zuleika, antes de sair do estúdio fulminada pelo olhar de Laura.

Quando Laura chegou ao restaurante Figueira Rubaiyat, sua mãe lia o cardápio desconcentrada, envolta em pensamentos. Cláudia percebeu a entrada da filha assim que ela pisou no local, como se uma espécie de antena formasse um elo invisível entre as duas. Com seu andar determinado, Laura passou pelo salão, cumprimentou a mãe com um beijo no rosto e puxou uma cadeira, sentando-se de frente para ela.

— Fala, mãe! O que é que está acontecendo de tão grave pra você ter se abalado de Santa Rita até aqui? Que dia é hoje, hein?

— Sei lá. Vinte e um de junho?

— Se eu só faço aniversário em novembro, por que é que já estou vivendo meu inferno astral? Parece que o céu vai desabar sobre a minha cabeça a qualquer momento.

— Aconteceu alguma coisa no trabalho?

— O que não aconteceu seria uma pergunta mais plausível. Parece que eu tô numa espécie de reality show ou pegadinha e que a qualquer momento vocês vão me falar onde tá a câmera,

— Laura, minha filha, desculpe te chamar assim às pressas... Pelo visto, seu dia não está sendo nada fácil. Sinto muito te informar, mas ele vai piorar. Acho que você não vai gostar nadinha da notícia que eu tenho pra dar.

— Então diz logo, na bucha. Notícia ruim é como cachaça barata. A gente toma numa talagada só e espera pela ressaca depois.

— Seu pai...

— Sim, meu pai. Você já disse. Papai tá doente? É grave?

— Não, o Pedro tá ótimo, pelo menos de saúde.

— Então o que é? Perdeu o emprego prestes a se aposentar? Resolveu beber depois de velho? Já sei! Caraca, mamãe! Papai arrumou uma amante!

— Não! Não é nada disso! Antes fosse!

— Como assim "antes fosse"?

— Laura, você sabe que seu pai sempre foi louco por mim. Às vezes, eu queria até que ele fosse menos apaixonado. Tenho a sensação de que todo esse amor me deixa um pouco sufocada.

— Então o que é, mamãe? Fala logo!

— Como cachaça barata, né?

— Isso. Na lata.

— Talvez seu pai não seja seu pai.

Laura ficou catatônica, muda, e encarou fixamente a mãe por alguns segundos. Em seguida, soltou uma longa e estrondosa gargalhada.

— Laura, minha filha, você tá bem? — perguntou Cláudia, constrangida.

— Eu sabia! Pronto! Agora vocês podem confessar que é brincadeira porque já tá ficando sem graça! Foi o Beto, né? Mas por que isso? Você assinou contrato com que emissora? Onde é que estão os microfones? Esse colar... Tem uma microcâmera aí, não tem, mamãe?

— Bem que eu queria que tudo não passasse de uma grande e irônica brincadeira — respondeu Cláudia.

— Então é sério? — Laura ergueu a voz, alterada. – Você tá querendo dizer que minha vida não passa de uma grande mentira? Como assim meu pai não é meu pai? Meu pai é e sempre será o Pedro!

— Talvez não. Você se lembra do Renato Villaça?

— Sim, o tiozinho do rock. Escutei uma música dele no rádio hoje de manhã. O que é que tem esse cara, mãe?

— Talvez seja ele... o seu pai.

— O quê? Bem, eu acho que a senhora tá maluca mesmo. Como assim? Você conhece o cara?

— Ele passou um tempo em Santa Rita. Depois, nós estudamos na mesma universidade. Ele foi o grande amor da minha vida.

— O grande amor da sua vida é meu pai!

— Seu pai é um grande homem, Laura...

— Um grande homem, pai e marido. Vem cá, mamãe, desde quando essa possibilidade de eu não ser filha do meu pai passa pela sua cabeça?

— Desde sempre.

— Que ótima notícia! E eu posso saber por que só agora, vinte e cinco anos depois, isso se tornou tão urgente a ponto de você se abalar de Santa Rita até aqui pra me dar essa notícia? O que foi que aconteceu? Caiu um vaso de planta na sua cabeça e você acordou outra pessoa?

— Eu já venho matutando essa história há algum tempo, minha filha, e outro dia... — Cláudia deu um longo suspiro, entrelaçou seus dedos uns nos outros e olhou para baixo, parecendo nervosa.

— Outro dia?

— Outro dia, eu fui arrumar minhas gavetas, sabe essas faxinas que a gente faz de vez em quando na casa e na vida? Foi então que encontrei uma agenda de 1991, o ano em que você nasceu. E vi que essa dúvida já me atormentava desde aquela época. Decidi que já era hora de dar um basta em tudo isso. Quero ser boa e justa comigo e com vocês.

— *Vocês?*

— Você, o Pedro e o Renato.

— Chega! Eu não quero ouvir mais nada. Quando você recobrar a razão, a gente volta a se falar! — concluiu Laura, levantando-se de maneira intempestiva e partindo.

— Laura, minha filha, volta aqui! Eu não terminei de falar.

No restaurante, Cláudia sentiu que todos ao seu redor a olhavam com compaixão. Queria desaparecer, mas antes queria poder voltar no tempo e evitar todo o sofrimento pelo qual sua filha passava naquele momento.

De volta à emissora, Laura foi atrás de Beto, que, ainda perplexo, olhava para sua cara no espelho do camarim, vendo a decepção estampada em cada expressão facial.

— Amiga, você viu o que aconteceu comigo? Você viu o mico que eu paguei? Por que, me fala, por que isso foi acontecer justo comigo? — questionou Beto, fragilizado.

— Porque sim. Porque nem sempre as perguntas têm respostas — disse Laura num tom sereno, tentando consolar o amigo.

— O que as pessoas devem estar pensando de mim? Que eu sou um...

— Um homem bonito, inteligente, culto, educado e gay. Algum problema nisso?

— Por mim, não. Mas você sabe...

— Eu sei que você é um cara muito especial, meu melhor amigo, o homem mais generoso que eu já conheci, que sempre me incentivou a ir atrás dos meus sonhos. Não é justo você viver aprisionado dessa forma. Você seria um ótimo moço do tempo, mas o tempo não seria tão bom com você quando se olhasse no espelho daqui a dez anos e percebesse que perdeu boa parte da vida tentando vender uma imagem sóbria, uma imagem que as pessoas estão acostumadas a ver todos os dias em suas salas de estar. Beto, você já pensou em ser você mesmo?

— Eu, hein, Laura! Que pergunta mais esquisita! Eu tenho vinte e cinco anos e nunca fui eu mesmo! Por que é que eu seria agora? Você sabe que as pessoas não conseguem ser elas mesmas o tempo todo. Eu consigo um pouco, consigo com você, mas cem por cento, no duro, ninguém consegue.

— Olha isso — disse Laura, entregando seu celular para Beto. O aparelho exibia um vídeo no YouTube, o vídeo de Beto e sua confusão com o texto.

— O que é isso? — perguntou Beto, surpreso.

— Isso é você. Seu vídeo caiu na rede, teve mais de cem mil visualizações em menos de duas horas e virou até remix. Sucesso.

— Você tá louca! Isso é o fim da minha carreira!

— Ou o começo dela. Beto, você já pensou que não precisa de um emprego numa emissora tradicional de TV? A internet é o futuro! Na internet, você mesmo cria seu próprio conteúdo sem passar pela aprovação de dezenas de pessoas dizendo o que pode ou não pode fazer. É você metendo a cara e tendo coragem de falar o que pensa, dizer a que veio. Já pensou em ser *youtuber*, em ter o seu próprio canal?

— Que conversa estranha!

— Não tem nada de estranho! Você lembra que eu disse que o dia ia terminar bem? A música alegre, lembra?

— Lembro. Dessa vez você errou.

— Eu acertei. Você merece mais. Eu também tô cansada de ficar em *stand by* como repórter, fazendo uma matéria aqui, outra ali. Eu sempre curti música pop. Desde criança. Gostava das melodias simples, das frases feitas, dos clichês, da sonoridade que gruda feito chiclete.

— O que é que você tá querendo dizer com isso?

— Eu já fiz as contas. Vou receber uma grana do seguro do carro... Não é muito, mas dá pra eu me virar com umas outras economias que vinha fazendo... Eu vou pegar essa grana, pedir minhas contas aqui e ir embora... Vou passar um tempo fora do Brasil, viajar, me descobrir, tentar ser DJ. Você vem comigo?

— Eu? Eu vou viver de quê?

— Do seu carisma.

— Tá bom. Você surtou mesmo, né? Laura, o que é que colocaram na sua água?

Neste momento da conversa, John, consternado, entrou no camarim.

— Beto, eu fiz o que pude, mas não teve jeito. Pediram sua cabeça. Há quanto tempo você trabalha aqui na emissora?

Baqueado, Beto respondeu:

— Contando o tempo de estagiário, lá se vão uns sete anos.

— Sete anos? – interveio Laura, eufórica. — Eu acho que isso responde sua pergunta anterior sobre do que é que você vai viver. Agora você já sabe. Da bolada que você provavelmente vai ganhar.

— Não é tanto dinheiro assim – rebateu Beto.

— Dá pra você viver bem pelos próximos meses vai... Quem sabe um ano sabático?

Com pensamentos difusos e o olhar perdido, Laura recolheu os pertences em suas gavetas enquanto avistava pela janela, no décimo quinto andar, o pôr do sol em São Paulo. Na sala ao lado, Beto fazia a mesma coisa. Passaram no departamento de RH para deixar o crachá e assinar alguns papéis. Voltariam dali a alguns dias para dar baixa na carteira de trabalho e resolver outros trâmites legais.

Já na rua, Laura se perguntava se tudo aquilo que havia dito para Beto não servia também para ela. Se, na verdade, não estava falando para si mesma quando estava falando com ele. Quem era ela afinal? Tinha vindo ao mundo para quê? Para onde iria? Não ter certeza sobre sua própria origem tinha dado um nó na sua cabeça. Mas ela pensaria sobre isso no dia seguinte, ou no dia depois de amanhã, ou no dia depois de depois de amanhã, porque era sexta-feira e ela queria se jogar. Para ela, a pista de dança sempre foi um dos melhores lugares para esquecer as dores do mundo e extravasar emoções muitas vezes contidas. E foi assim que Laura terminou aquele dia que parecia não ter fim. Ela e Beto foram para um inferninho no centro da cidade e dançaram até o dia amanhecer. "Last Night a DJ Saved my Life", ela costumava repetir com frequência.

Laura acabou abortando os planos de passar o fim de semana na praia. Gostava do mar e da calma que ele trazia. Mas, naquele momento, ela não estava à procura de calmaria, mas de turbulência. Desse modo, atendeu à ligação da mãe após ela tentar inúmeras vezes falar com a filha e...

— Laura, minha filha, por que é que você não atende minhas ligações? — A voz de Cláudia estava chorosa do outro lado da linha.

— Eu ainda estou magoada com você, mãe. Você fez da minha vida uma vida de mentiras.

— Laura, eu também estou triste. Venho carregando esse segredo há muito tempo e talvez seja a hora de a gente colocar um ponto final nesse assunto. Hoje em dia existem muitos exames...

— Eu não preciso fazer exame nenhum. Meu pai é o Pedro.

— Mas, Laura...

— Mãe, chega! Eu saí do emprego. Eu vou embora do Brasil.

*If you gave me half a chance you'd see*
*My desire burning inside of me*
*But you choose to look the other way*
Madonna

# 4

O baile acabou não acontecendo em 1985. Por decisão da comissão organizadora do grêmio recreativo, a festa foi transferida para 1986, já que ainda não haviam levantado fundos suficientes para uma festa de arromba. Cláudia aprovou a nova data da festa, que aconteceria em 31 de janeiro, dia em que completaria dezoito anos.

Além da roupa que iria usar, havia outras preocupações. Naquele ano, mais do que em todos os outros, ela aguardava com uma ansiedade desesperadora a chegada da caixa da prima. É que dessa vez Cláudia havia feito umas encomendas específicas, pedindo revistas especializadas em punk rock e discos de umas bandas que o Renato sempre mencionava e das quais ela nunca tinha escutado uma música sequer. Mas, atenta a toda e qualquer palavra pronunciada por ele, Cláudia tinha anotado os nomes e implorado à prima que não deixasse faltar nas suas compras os últimos discos das bandas The 101ers, London SS, The Damned, Sex Pistols e, claro, The Clash, a banda preferida do Renato.

Precisava decorar todas aquelas gritarias de que ele gostava tanto para impressioná-lo. Cláudia quase não tinha fluência em inglês, mas não estava preocupada com isso. Sabia que o punk não era feito para ser cantado ou recitado como um poema do grande bardo. Era para ser berrado ruidosamente, às vezes, até ininteligivelmente. Os próprios londrinos não deviam entender muitas letras daqueles cantores andróginos de cabelos coloridos. Canções de desesperança e desencanto. Tinha ouvido dizer que eles eram anarquistas e niilistas. "Anota aí, Lurdinha, eu preciso ver depois no dicionário o que é niilista.", dissera à amiga. Desemprego, guerra, violência, drogas. *No future. Do it yourself.*[1]

Cláudia tinha consciência de que possuía um verdadeiro arsenal de guerrilha em mãos. Todo aquele material a colocaria anos-luz à frente na concorrência com as outras garotas para chegar ao pódio. E o pódio, ela sabia bem, era o coração deprimido de Renato. Ele andava lendo *Os Sofrimentos do Jovem Werther*, do Goethe. Ela tinha descoberto fuçando a ficha dele na biblioteca. Antes disso, tinha lido *Demian*, do Hermann Hesse, livro que ela começou a ler assim que ele devolveu. Era sempre assim. Ela lia os livros que ele lia, ouvia as músicas que ele ouvia e, se possível, respirava o ar que ele respirava. No entanto, poucas vezes encontrou uma deixa certeira para puxar assunto e mostrar a ele quão interessante ela era, quantas afinidades havia entre os dois. Mas agora seria diferente. Tinha tomado coragem. Os discos que a prima havia mandado eram uma verdadeira preciosidade. Muitos só chegariam ao Brasil meses ou talvez anos depois, e

1. Em tradução livre, "Não há futuro. Faça-o você mesmo".

ela já os tinha em mãos. Começou a gravar tudo em várias fitas cassetes, que pretendia entregar para o Renato no dia do baile. Ele ficaria tão abobado que lhe faltariam palavras. Já imaginava a cena: ela entregando as fitas para ele, dizendo do que se tratava, ele sem graça e comovido ao mesmo tempo. Então, ele diria: "Não sei nem o que dizer." E ela emendaria: "*Don't say anything, just kiss me.*"[2] E os dois se beijariam na noite mais inesquecível de toda a sua vida: a noite do seu baile de formatura, do seu aniversário e do primeiro beijo do grande amor de sua vida.

Cláudia e Lurdinha fizeram a última prova do vestido no dia anterior ao baile. Como toda mulher, as duas amigas se sentiam uns dois quilos acima do peso. "Mas, minha filha, o caimento está impecável", dizia dona Célia, mãe de Cláudia. "Praticamente uma Grace Kelly!", disse dona Aurora, mãe de Lurdinha, ao ver a filha na roupa de gala.

Caimento impecável, Grace Kelly... Era isso que deixava as duas amigas com uma pulga atrás da orelha. Era consenso que praticamente todas as meninas estariam convenientemente trajadas e que algumas, como Ludmila, beirariam a perfeição. Era preciso errar, cometer um passo em falso: só assim chamariam a atenção dos *nihilistic boys*.[3]

2. Em tradução livre, "Não diga nada, só me beije".

3. Em tradução livre, "garotos niilistas".

Apesar de viverem grudadas e terem gostos muito parecidos em quase tudo, Cláudia e Lurdinha haviam optado por modelos diferentes para o baile. Lurdinha havia escolhido um vestido balonê vermelho, com decote acentuado nas costas e discreto na frente. Cláudia havia escolhido uma cor mais discreta, pérola, num vestido formado por duas peças que se sobrepunham: uma saia justa e longa até os pés, com uma enorme fenda, e um blazer de corte geométrico e acinturado, que apertava seu quadril até o limite da asfixia. Eram modelos ousados, mas, ainda assim, adequados.

Elas entraram no salão de festas do clube Iásbeck com certo atraso, um cálculo feito com precisão, pois o baile não poderia estar nem muito cheio nem vazio. Deram uma olhada no lugar e perceberam que quase todo mundo já havia entrado e se espalhado por pontos estratégicos. Ludmila e suas amigas dançavam animadíssimas no centro do salão; Pedro e seu grupo careta estavam num canto próximo ao palco. Renato... Bem, ela ainda não o havia visto. Talvez ainda não tivesse chegado, mas, antes de se certificar disso, ela e Lurdinha entraram no banheiro e trataram de executar o que vinham planejando havia uma semana.

— Você tem certeza, Cláudia?

— Claro, Lurdinha! Você não viu? Ninguém teve nossa ideia! Nós vamos arrasar!

— Mas você não tem receio de tomar uma bronca dos seus pais? Já pensou em como vão ficar nossas fotos no álbum do baile? Minha mãe pagou uma fortuna ao Pedro, o retratista!

— Históricas! Ficarão históricas! — disse Cláudia. Logo em seguida, abriu sua bolsa, tirando um tubo de laquê e uma tesoura.

Com o tubo nas mãos, ela espirrou quase metade do conteúdo nos seus cabelos e nos cachos da amiga, que fizeram uma modelagem armada.

— É gótico neon, A Leandra que me falou. Tendência no Brooklyn.

Logo em seguida, com a tesoura em punho, os olhos de Cláudia brilharam.

— Não acha que só o cabelo já é impacto suficiente? — indagou Lurdinha.

— De jeito maneira! Vai dar pra trás agora? Você tá comigo ou não tá?

— Estou. Até o fim.

Dito isso, Cláudia começou a picotar seu vestido. Deu umas boas tesouradas, começando pela barra, e rasgou a peça transversalmente. Fez o mesmo no vestido da amiga. As duas se olharam, respiraram fundo e voltaram para o salão.

O buchicho foi imediato. Todos se entreolharam. Ludmila e suas amigas deram risadinhas maldosas. Algumas taparam a mão com a boca num sinal de delicadeza. Outras davam risadas escancaradas de puro deboche. Pedro, ao ver Cláudia e a amiga daquele jeito, corou. Quis ir até elas e oferecer seu casaco, mas logo percebeu que ela se sentia confortável e deu um sorriso de canto de boca, sentindo admiração pela ousadia delas. Quem não gostou muito de toda a brincadeira, obviamente, foram os pais de Cláudia e Lurdinha. As mães, dona Célia e dona Aurora, quase tiveram uma síncope. Os pais, seu Antônio e seu Januário, falaram em desgosto eterno.

Faltava ainda avistar Renato. Cláudia estava ansiosa, mas descobriu que ele e sua turma estavam na área externa do clube, ao lado da piscina, já que a música estava um bode. E foi aí que ela entrou em ação e executou a segunda parte do seu plano. Indo até o DJ, disse a ele que tinha todo o respeito pelo Tremendão, mas precisava lhe mostrar algo mais chocante. Ela tirou uma fita de sua bolsa e, pouco depois, "White Riot", de The Clash, começou a ecoar por todos os cantos. Em questão de segundos, Renato e sua turma estavam batendo o cabelo no centro do salão.

Cláudia também foi para a pista e, perto de Renato, começou a dançar delirantemente. As coisas pareciam sair melhor do que ela havia imaginado. Renato correspondia ao frenesi de Cláudia, fazendo uns passos desengonçados como se estivesse tendo algum tipo de convulsão. Ficaram assim por alguns minutos eternos, enquanto o DJ deixava rolar a fita que Cláudia havia gravado. Ramones, Dead Kennedys, Misfits. "É uma paulada atrás da outra", comentou alguém.

Foi então que a mãe de Cláudia se aproximou e puxou-a pelo braço.

— O que foi, mãe? — disse Cláudia, surpresa.

— Cláudia, chega! — resmungou dona Célia, brava. — Já não basta tudo que você aprontou hoje? Ainda vai ficar se atirando nos braços desse rapaz?

— O que é que tem esse rapaz?

— As pessoas comentam, minha filha... Chegou há pouco tempo na cidade, mexe com umas coisas esquisitas...

— As pessoas comentam sobre o que não deveriam comentar, mãe. Agora me deixa! Hoje é o meu dia, o dia do meu baile, do meu aniversá...

Antes de concluir a frase, foi arrastada para o centro da roda, onde todos estavam enlouquecidos. Fora Renato quem a puxara. Ela mal pôde acreditar. O punk rolou por mais algum tempo, mas então entrou uma balada romântica de Lionel Richie, ordem de algum pai preocupado com a saúde dos tímpanos de Santa Rita do Pinhal. Cláudia enfiou o dedo na garganta, sendo seguida por várias outras pessoas.

Renato saiu de cena e foi para a área externa. Ficou parado ali por um tempo, com o olhar fixado no nada, os olhos cobertos pela franja, até que Cláudia chegou. Ela estava com sua bolsa, repleta de fitas cassetes que tinha passado todo o mês gravando, selecionando música por música, pensando em qual término de canção sincronizaria perfeitamente com o início da próxima música.

— Garota, você é maluca! — disse Renato, estranhamente sorridente. — Como é mesmo seu nome?

— Cláudia — disse ela, quase sem acreditar que ele estava perguntando isso.

— Meu, que música é essa que tocou por último?

— "Orchid Club", do Blondie.

— Pode crer, já ouvi falar. Uma loirinha de Nova York, né?

— De Miami, na verdade. Ela nasceu em Miami. Mas, sim, a banda estourou em Nova York. — Cláudia sentiu um frio percorrer sua espinha. Mal podia acreditar que estava corrigindo Renato, uma correção sutil, já que ninguém podia imaginar que Debbie Harry, uma das pioneiras do movimento punk underground de Nova York, tinha nascido na ensolarada Miami, mas, mesmo assim, uma correção.

Mesmo acanhada, Cláudia foi se soltando aos poucos e falou sobre outras mulheres da cena punk. Fez questão de frisar que Patti Smith e Joan Jett eram suas favoritas. Então, começou a disparar todas as informações que tinha adquirido no último ano para impressioná-lo até ele ter um acesso de riso.

— O que foi? Eu disse algo que não devia? — perguntou Cláudia, um tanto sem graça.

— Não, tá tudo certo. É que você é...

— Eu sou...?

— Sei lá, engraçada... Sabe aquele cara que você tem vontade de grudar porque ele é hiper gente boa? Então, esse cara é você!

"Esse cara." Essas duas palavras ficaram ecoando pela mente de Cláudia. Alguma coisa muito errada tinha acontecido com o que ela havia planejado até ali. Não era exatamente como "esse cara" que ela queria ser vista por Renato. Mas era assim que ele a via. Ludmila apareceu de repente.

— Ah, você tá aqui, sumido — disse ela, dando um selinho em Renato. – Tudo bem, Cláudia?

— Tudo — respondeu ela, atônita.

— *Honey*, sabe o que é? — disse Ludmila, quase sussurrando ao ouvido de Renato. — Tô tão cansadinha. Você não pode me deixar em casa?

Renato disse que sim e saiu com Ludmila a tiracolo. Cláudia ficou ali, olhando para o casal que se distanciava, iluminado pela lua cheia, enquanto ela parecia esconder-se na penumbra da noite. Ludmila usava um vestido de grife, provavelmente de algum estilista famoso, trazido por uma tia que foi à Europa; Renato com sua jaqueta de couro surrada, um jeans velho e maltrapilho. A dama e o vagabundo. Olhou para si, tão rasgada e maltrapilha quanto Renato. Esse cara. Quis sumir dali e sumiu. Foi embora correndo e esbarrou em Pedro.

— Ei, Cláudia! — gritou Pedro.

Era tarde. Ela já estava longe. Pedro pegou a bolsa que ela havia deixado para trás. Estava aberta. Ele viu as várias fitas cassetes. De algum modo, soube que aquelas fitas eram importantes e decidiu que daria um jeito de devolvê-las o mais breve possível.

*There are so many things that I don't understand*
*There's a world within me that I cannot explain*
*Many rooms to explore, but the doors look the same*
Daft Punk

# 5

— Como vocês podem ver, o Dia dos Mortos, ou *Dia de los Muertos*, aos poucos vem se tornando uma tradição também em Barcelona. Já existe até uma procissão, que passa por determinados lugares por aqui, chamada Rota dos Altares. — Enquanto Beto dizia o texto com desenvoltura, olhando para a lente da câmera que Laura segurava à sua frente, transeuntes passavam pela Praça da Catalunha, alguns com coroas de flores, outros com comidas típicas e muitos com catrinas, a boneca-esqueleto que é a representação máxima das festividades de 2 de novembro. — O bacana aqui na Praça da Catalunha é que, além de ser um belíssimo lugar pra bater perna e beber com os amigos, é muito bem localizada, pertinho do Bairro Gótico, que é um dos melhores lugares em Barcelona pra dar aquela repaginada básica no *look*, além, é claro, de se jogar na noite — concluiu ele, fazendo sinal para Laura parar a filmagem. — Ficou bom? Como é que eu tô no vídeo? Como é que tá minha cara?

— Tá ótima! — disse Laura enquanto desligava a câmera.

— Tem certeza, Laurinha? Não tô muito abatido? A gente foi dormir tão tarde ontem.

— Você tá ótimo, Beto. Vamos aproveitar que a noite ainda não caiu e dar uma passadinha em Mar Bella?

— Super topo! Mas Laura... você não acha estranho a gente chegar em Barcelona bem no dia em que as pessoas celebram a morte?

— Não. Acho que é uma coincidência. Mas, de qualquer forma, eu adoro a morte. A morte no tarô é a renovação da existência, é o fim de um ciclo e o início de outro, é transformação. A gente mesmo... Só nesse ano, vivemos umas duas vidas diferentes...

— Eu, hein, gata! Pirou? Do que é que você tá falando?

— Tô falando que nós decidimos pagar pra ver, correr riscos. Seis meses atrás, estávamos no Brasil, com uma vida totalmente diferente dessa que estamos levando hoje, com outros sonhos, outras aspirações. De uma hora pra outra, decidimos largar tudo e cair na... vida! Pensa em como você tava inseguro sobre criar seu canal na internet! E olha o sucesso que você faz hoje! Seus seguidores se multiplicaram! É um dos *youtubers* mais famosos do Brasil! Eu é que ainda tô tentando me achar...

— E seus pais? Tem falado com eles?

— Muito pouco. Eu quero ficar um pouco distante.

— Mas, Laura, você já está fisicamente distante deles! Eu acho que você deveria voltar a falar com mais frequência com seus pais, principalmente com sua mãe. Do jeito que está, parece que você está querendo fugir do problema, e não encará-lo.

— Vai ver é isso mesmo! Vai ver eu não quero enxergar que minha vida é outra, e não a que eu sempre pensei que fosse.

— As coisas se ajeitam. Não há mal que sempre dure. Eu li num livro. E como é que está o espírito pra ser uma das DJs residentes do Razzmatazz Club hoje à noite?

— Nem sei o que dizer. Vai ser a primeira vez que eu toco num lugar reconhecido internacionalmente na cena pop eletrônica. Tô nervosa, tenho que confessar.

No outono barcelonês, a temperatura costuma ficar em torno dos vinte graus, o sol se põe cedo e os dias costumam ser mais curtos, mas a praia de Mar Bella é sempre um fervo. Beto e Laura chegaram pouco antes das cinco da tarde e pegaram o restinho do dia. Ainda se ouvia um DJ tocando numa tenda próxima, um remix lounge cantado por uma voz doce que entoava "Love Will Tear Us Apart", da banda Joy Division. O público presente, composto em sua maioria por gays sarados e mulheres fazendo *topless*, começava a se dispersar. Laura e Beto decidiram ficar mais um pouco para contemplar o horizonte, o dia que se esvaía. Ficaram ali por um bom tempo enquanto todo mundo deixava a faixa de areia. Quer dizer, quase todo mundo. Ainda restavam eles e um rapaz estirado numa canga ao lado, deitado de bruços, com as costas vermelhas como um pimentão.

— Beto, será que esse cara aqui do lado tá morto?

— Que cara?

— Esse cara aqui do lado... Tá deitado desde que a gente chegou.

— Sei lá, miga... De repente tá só pegando uma corzinha... Vai que vermelho-camarão é o último grito do outono europeu?

— Gente, que estranho... vou ver se tá tudo bem — disse Laura, levantando-se e indo até o rapaz. Ela o cutucou. — *Niño, niñooo...*

— O que é que foi? — Ele virou-se repentinamente, com um tom de voz áspero, pois dormia profundamente. Era Júnior.

— Não acredito! — exclamou Laura, estupefata.

— Quem não acredita sou eu! — reagiu Júnior. — O que é que você tá fazendo aqui?

— Como o que eu tô fazendo aqui? O que eu tô fazendo aqui não é da sua conta!

— E veio me encher o saco por quê?

— Cara, eu só fiquei preocupada...

— Você não veio dirigindo não, né? Se veio, me avisa. Você é uma máquina mortífera no volante.

— Engraçadinho... Bem, vou indo nessa. Foi um desprazer te encontrar.

— O desprazer é todo meu.

— Vamos embora, Beto? — sugeriu Laura ao amigo, enquanto se afastava de Júnior.

— Mas já? Tá tão fresca essa brisa...

— Já. Quero tirar um cochilo antes de ir pro Razzmatazz.

Laura e Beto pegaram suas coisas e deixaram a praia. O olhar de Júnior acompanhou Laura, como se, além da irritação, ele também carregasse uma espécie de admiração por aquela garota que aparecia nos momentos mais inusitados.

— Que cara mais estúpido! — disse Laura enquanto caminhava a passos largos.

— O que foi que ele te disse dessa vez?

— Nada além das grosserias que ele já havia dito no Brasil.

— Mas você ficou nervosa só por isso?

— Como só por isso? Você acha pouco?

— Não... O cara parece mesmo ser um ogro, mas eu te conheço, Laura. Você tá na dele.

— Não é bem assim... Achei o cara gato e tals... Você sabe do meu fraco por caras magrelos, né? Mas tá fora de cogitação qualquer fita com esse maluco.

— Tá bom. Vou fingir que acredito.

— Não tem jeito, né? Eu não consigo mesmo esconder nada de você. Vou te confessar uma coisa: esse cara mexe comigo. Desde o acidente no Brasil. Esses olhos, esse bocão de Mick Jagger... — Laura se conteve.

— Ih... Olha só pro seu braço! Tá toda arrepiada! O magrelo mexeu mesmo contigo, hein?

— Adoro. E ele ainda tem aquela entradinha na barriga que me leva pra outra dimensão, além de um narizinho... E aquelas sardas no ombro? Um charme!

— Gente! Você já tá na do cara!

— É, não vou negar. Ele é um gato. Mas ele é todo errado, né? Do bronzeado às ideias. Tô fora.

Os dois amigos bateram a areia dos chinelos enquanto gargalhavam. O céu ao fundo era de um amarelo incandescente, como se o sol teimasse em não deixá-lo. Pegaram um táxi e rumaram para o hotel.

No Chic & Basic Born Hotel, sozinha na sacada do seu quarto, Laura contemplou a cidade. Todas aquelas construções, algumas antigas, outras modernas, o gótico e o arrojado entrelaçados. Barcelona, a cidade que Gaudí e Picasso haviam celebrado em formas e cores tão intensas, a cidade da boa comida, do sexo, da liberdade, do desejo sempre à espreita. Enquanto tomava seu *tinto de verano*, lembrou-se do trecho da música de Renato Villaça que dizia que a vida é boa. Era mesmo?

Laura não tinha do que reclamar. Sempre teve acesso a tudo e pais que lhe deram amor, proteção, estabilidade. Não tinha passado por nenhum grande trauma na infância, tampouco na vida adulta. A revelação da mãe, meses atrás, entrava mais na categoria de baques que na de traumas. Para ela, seu pai era o Pedro, o único que ela conhecia, o que estava do seu lado no primeiro tombo de bicicleta, o que teve de assinar as advertências da escola no seu boletim. Ser filha de um ídolo da música não mexia em nada com sua vaidade, mas talvez pudesse explicar por que ela sempre se sentiu tão fascinada pelos holofotes, pela alegria contagiante de uma pista de dança. E, enquanto olhava a cidade e seus anônimos passantes, pensou que, como ela, todo mundo que avistava daquela varanda era um ser único na sua mediocridade ou na sua exuberância. Cada um carregava consigo seus antepassados, suas cidades, suas alegrias. Talvez, por isso, fosse importante esmiuçar sua origem.

O Razzmatazz Club. Ela tinha enfim conseguido chegar à apoteose da música pop. Em menos de duas horas, seu *début* na cena eletrônica mundial seria uma realidade. Alegria, alegria era a revolução, dizia a música. Mesmo com pensamentos tão diversos na mente, Laura continuava encucada com uma coisa: o reaça vermelho de Mar Bella. Por que aquele magrelo volta e meia povoava seus pensamentos? Antes que chegasse a alguma conclusão, Beto bateu à porta, e ela perdeu o fio da meada de seu raciocínio.

— Tudo pronto, Laurinha?

— Quase tudo. Falta o batom vermelho.

Diante da pista lotada, os olhos de Laura quase soltaram faíscas quando ela pisou na cabine do Pop Room, o ambiente dentro do Razzmatazz que, como o próprio nome diz, é mais voltado para música pop. Mas o que era exatamente música pop? Laura não sabia definir e achou que era melhor assim. Colocou a primeira música para tocar. Nela, Fernanda Porto celebrava: "Na pista todo mundo brilha/ aqui tudo é bonito demais/ só dança quem sacode o planeta." Então, emendou com Vanessa da Mata, desejando "beijos intermináveis até que os olhos mudem de cor". Jorge Ben Jor disse que "depois que o primeiro homem/ maravilhosamente pisou na lua/ eu me senti com direitos, com princípios/ e dignidade/ de me libertar".

Uma hora e meia depois, as pessoas pareciam ensandecidas. Tinham sido transportadas para outra dimensão graças aos *mashups* de Laura, à contagiante vibração e ao gingado da música brasileira. "Missão cumprida", constatou ela, aliviada. Sua primeira imersão como DJ numa casa de renome mundial havia sido um sucesso. Beto invadiu a cabine e abraçou a amiga. Ele também estava em êxtase.

— Miga, você lacrou!

A noite estava apenas começando. Muito ainda estava por vir. Laura e Beto saíram da cabine e foram para pista. Ela também queria dançar. E foi o que fez insanamente. O DJ que veio depois era um catalão conhecido na cena pop internacional. Laura e Beto mal acreditaram quando ele tocou "Man Down", uma das músicas preferidas dos seus tempos de facul. Os dois amigos se entreolharam e soltaram gritinhos histéricos para juntos cantarem "I didn't mean to lay him down/ but it's too late to turn back now/ don't know what I was thinking/ now he's no longer living/ so Imma 'bout to leave town".

Laura estava em tal estado de excitação que mal pôde acreditar no que seus olhos viram quando ela se virou, enérgica, para concluir um passo de dança: encostado no bar, tomando uma taça de sangria, estava Júnior. Quando se voltou para contar a novidade para Beto, não encontrou mais o amigo. Pegou seu celular, que vibrava no bolso. Era uma mensagem de WhatsApp do amigo: "Laurinha, querida, me arranjei. Te encontro amanhã no café da manhã. Bjos e se joga."

Logo depois de Rihanna, o DJ atacou com um remix de "Rolling In The Deep". Quando a voz rouca e potente de Adele começou a entoar os versos, cantando "There's a fire starting in my heart/ reaching a fever pitch, it's bringing me out the dark", Laura confirmou a impressão de que as letras das músicas quase sempre dialogavam com ela. Júnior estava ali, a poucos metros do seu alcance, e também se fazia presente na sua respiração arquejante, na aceleração dos seus batimentos cardíacos, na adrenalina que corria em uma por uma de suas veias. "Mas é um babaca", pensou ela. "Segura a onda, Laurinha, que o babaca tá te olhando", disse para si mesma. "Você tá gata, tá deusa, tá necessária. Dance, a música tá ótima. Você tá sozinha, mas não tá solitária... Você tá curtindo a música, o som, a *vibe*, essa energia mara... Ih... O babaca tá vindo, tá chegando, tá querendo um *approach*."

— Oi — disse Júnior. — Você arrasou na discotecagem.

"*This is serious?*",[4] pensou Laura. Aquilo estava mesmo acontecendo? Era mesmo Júnior quem lhe dizia aquilo? O mesmo cara que fora, com certa razão, grosso com ela no

4. Em tradução livre, "Isso é sério?"

momento da batida em São Paulo? O mesmo cara que fora estúpido, sem nenhum motivo aparente, na praia mais cedo? Ela resolveu acenar a bandeira branca.

— Ah, brigada! — respondeu Laura.

— Pode parecer provincianismo, mas eu gosto de ouvir música brasileira quando tô fora do Brasil. Ainda mais música boa. Isso me dá um orgulho bobo de saber que tem tanta gente talentosa no meu país.

— Verdade. Mas vem cá... Tá fazendo o que aqui em Barcelona?

— Tirei uma semaninha de folga. Tinha umas milhas acumuladas. Resolvi curtir um pouco.

— Que coincidência bizarra, né? A gente se encontrar pela terceira vez. E, pela primeira vez, a gente não se estranha.

— Mas também você não bateu no meu carro nem me acordou de um banho de sol.

— Pronto. Tava doce demais pra ser verdade. Queria que eu te deixasse esturricando naquele sol?

— Não, mas não queria ser acordado do meu sonho.

— Falou. Vou lembrar disso da próxima vez, já que a bela adormecida...

— Tava sonhando com você.

— Hahaha... Que xaveco mais barato. Falous, valeus.

— É sério. Tava sonhando com uma mina esquentada, meio inconsequente, que fala ao celular enquanto dirige. Daí a mina saiu do inconsciente e apareceu na minha frente.

— E aí você ficou bravo porque o sonho tava melhor que a realidade.

— Mais ou menos isso.

— Júnior, se você não se importa, eu vou até ali pegar uma bebida — disse Laura enquanto se afastava em direção ao balcão do bar.

Júnior pegou a mão de Laura e puxou-a para si. Os dois se beijaram longamente. De algum modo, Laura teve a sensação de que esperara a vida toda por aquele beijo. Não era o primeiro beijo da sua vida e provavelmente não seria o último, mas o estímulo que ele provocava parecia fazê-la crer que aquele momento era único, como se, entre todas as pessoas que faziam parte do mundo, Eros tivesse escolhido acertar a flecha do amor justamente no seu peito em brasa. E o transmissor da mensagem de Eros era um cara que havia sido estúpido com ela todas as vezes em que se encontraram. Ela recobrou a razão e deu um empurrão em Júnior.

— Ei, tá pensando o quê? Você foi um troglodita comigo hoje à tarde! Tá achando que é só jogar uma cantada barata e já chegar beijando?

— Vai me dizer que não gostou?

— Mas é um cafajeste mesmo, né? — disse Laura, virando-se para seguir andando.

Júnior foi atrás dela e segurou-a pelo braço.

— Espera — disse ele. — Eu quero reparar minha grosseria de hoje à tarde. Você me dá essa chance? Vamos sair daqui e ir pra um lugar mais tranquilo?

Laura não conseguiu dizer não. A maneira como o olhar de Júnior penetrava fixamente em seus olhos e o tom pausado de sua voz a fizeram dar um voto de confiança. Saíram dali e foram para a cervejaria Catalana, um bar de *tapas* que funcionava vinte e quatro horas na Calle Mallorca.

— Então quer dizer que você é DJ? — perguntou Júnior enquanto bebericava sua taça de sangria.

— Acho que sim — respondeu Laura. — Pelo menos, neste momento, eu estou DJ. A vida é muito curta pra gente ser uma coisa só. Eu tô tentando me achar, mas de uma coisa eu tenho certeza: eu vim ao mundo para celebrar! E por onde eu for, quero que as pessoas celebrem comigo!

— Poxa! Eu queria ter um terço desse seu alto astral.

— Você tem. Taí dentro de você. A gente tem de tudo um pouco. Alegria, tristeza, esperança, medo, rancor, generosidade. Às vezes, é mais fácil cultivar nosso lado negativo. Mas eu insisto na alegria porque sou teimosa. A alegria é transgressora.

— Taí uma frase que eu nunca tinha ouvido: "A alegria é transgressora." Mas não é fácil ser transgressor no mundo em que a gente vive.

— Fácil não é. Nunca foi, nem nunca será. Eu me lembro de uma conversa que tive com minha mãe, quem sabe um dia vocês até se conheçam... A gente tá meio afastada agora...

— Brigaram?

— É... Coisa de família. Mas, enfim, minha mãe é uma figura. E num desses dias de desânimo total, ela virou pra mim e falou: "Filha, me desculpa." E eu respondi: "Desculpa por que, mãe?" Ela me disse: "Por ter te colocado num mundo tão horrível." Eu respondi: "Relaxa, mãe, eu tô curtindo." Hahaha! Eu acho que é isso. Sou da teoria de que o mundo não é chato. Cara, basta você ter curiosidade. É tanta coisa nova, com potencial pra ser descoberta. Por isso eu piro no meu trabalho atual. São tantas músicas, bandas, artistas, ritmos diferentes. Isso vai dando um frescor pra minha vida. Quanto mais eu fuço, pesquiso, viajo, mais gente nova e estimulante vou conhecendo. — Laura olhou para Júnior. Ele mantinha o queixo apoiado na mão direita e o cotovelo em cima da mesa, e a encarava fixamente. Ela se sentiu tão desconcertada por ser o alvo daquele olhar contemplativo que parou de falar. — Tô falando demais, né? — ponderou.

— Não! Relaxa, eu tô curtindo. Hahaha!

— Mas me fala um pouco de você... O que é que você faz? Com o que você trabalha?

— Com vontade de voltar pra casa... Hahaha! Brinks... Sou atuário, a profissão mais desconhecida do mundo.

— Hahaha... Realmente... O que faz um atuário?

— Um atuário faz análises matemáticas baseadas em riscos e probabilidades. Eu trabalho numa seguradora. É bem exatas, mas tenho alma de humanas.

— E por que então não trabalha com algo com que sua alma se identifique?

— Ah, porque as coisas não são simples assim.

— Nada é simples, Júnior. Mas sei lá... Veja o meu caso, por exemplo. Há seis meses atrás, eu tava no Brasil, trabalhando como repórter substituta num trampo que era pouco recompensador. Arrisquei tudo, tô aqui... Não sei como vai ser amanhã, se vou conseguir viver de música ou se vou ter que procurar um emprego mais formal. Mas tenho certeza de que tem valido cada segundo apostar no meu sonho, na minha paixão. Eu me sinto mais completa, mais feliz, e, por consequência, torno mais feliz o ambiente ao meu redor, a convivência com as pessoas que me cercam... Tô falando muito de novo, né? Desculpa, sou tagarela.

— Tranquilo. Eu tô aqui pensando... — Ele se conteve.

— Pensando?

— Na gente. Que doideira, né? Como a gente se encontrou em momentos tão turbulentos e agora estamos aqui e...

— E?

— E sei lá. Acho que tô divagando um pouco depois da segunda taça de sangria. — disse ele, aproximando-se e beijando-a.

Já havia amanhecido, e Laura continuava tagarelando. Ela, então, decidiu chamar Júnior para voltar com ela para o hotel. Pedido feito, pedido aceito. Chegaram ao quarto de Laura. Através da janela, o sol parecia uma imensa bola de fogo prestes a engolir os corpos dos amantes. Amaram-se como se só existissem os dois no mundo. Abelardo e Heloísa. Romeu e Julieta. Dante e Beatriz. Laura e Júnior.

Horas depois, o sol insistia em brilhar. Mesmo com as cortinas fechadas, um facho de luz invadiu o quarto de Laura, que acordou ainda sonolenta, tateando ao seu lado, à procura de Júnior, que não estava mais ali.

Laura levantou-se depressa. No criado-mudo, encontrou um bilhete: "Você foi a melhor coisa que me aconteceu em muito tempo. Obrigado pela noite. Adeus."

*I want to be where the sun warms the sky*
*When it's time for siesta you can watch them go by*
*Beautiful faces, no cares in this world*
*Where a girl loves a boy, and a boy loves a girl*
Madonna

# 6

O ano de 1987 não estava sendo fácil para Cláudia. Ela não havia passado no vestibular no ano anterior e teria de ficar mais um ano na modorrenta Santa Rita do Pinhal, estudando para as provas do ano seguinte. Como se não bastasse ter de continuar a contragosto na cidade, ela ainda tinha perdido a companhia da melhor amiga, Lurdinha, que havia ingressado no curso de Letras da UFSCar.

O golpe só não foi mais duro porque Renato também não passou nos exames para entrar na universidade. Os dois tinham ficado mais próximos depois do baile e se viam com frequência nas festinhas que aconteciam nos sítios de alguns amigos. Coube à Cláudia aceitar o papel de amigona do peito. Quando todo mundo se reunia em torno da fogueira para cantar "Andança", eles saíam para conversar sobre a cena punk rock no estrangeiro.

Ludmila também havia se mudado para fazer cursinho em São Paulo, mas isso pouco importava para Renato, já que a loira era coisa do passado, amor de verão. Ainda assim, mesmo não estando mais com ela, Renato não olhava para Cláudia com olhos de malícia. Para ele, Cláudia era sua companheirona, a menina com quem podia conversar sobre o último disco do AC/DC e falar mal do gosto dos outros.

Cláudia tentava convencer Renato de que ainda havia algum frescor na cena nacional, como as bandas de punk que estavam surgindo. Gostava muito da 365, da Lixomania, da Psykóze, mas também gostava de algumas coisas mais *mainstream*, como Legião Urbana. Naquele ano, a prima mandara na caixa o álbum *Que País é Este?*, o terceiro da banda. Cláudia gravou uma fita com todas as músicas e deu para Renato. Ele admitia que Renato Russo tinha uma voz e um estilo peculiares, diferentes do que tinha ouvido dos cantores de rock brasileiros até então, mas não era sua praia.

— Mas as letras dele são bárbaras! Assim como o Cazuza, o Renato é um poeta de primeira! — insistia Cláudia.

— Pode ser, mas música não é poesia. Música é um lance inexplicável e, pra mim, tá muito ligada à imperfeição, à sujeira. O punk chegou pra virar pelo avesso tudo que veio antes!

Ter esse tipo de conversa com Renato fazia com que a vida de Cláudia tivesse algum sentido ali no Picolé de Cactos, apelido que dera à sua cidade. Sua rotina se dividia entre estudar para o vestibular durante a semana e esperar ansiosamente pelos finais de semana em que encontraria Lurdinha e Pedro, que sempre traziam novidades do campus da UFSCar.

Pedro também havia passado para o curso de Letras. Diferentemente de Lurdinha, que ficou na lista da segunda chamada, ele não teve de aguardar para ser convocado para fazer a matrícula. Sua nota foi uma das melhores entre todos que haviam feito a prova e poderia tranquilamente ter passado para qualquer curso mais disputado, como Medicina ou Engenharia Civil. Mas, ainda criança, tinha descoberto um mundo particular nos livros que lia, e por isso escolheu a literatura. Desde muito cedo, percebeu-se diferente. Excêntrico e pouco dado ao convívio com os colegas que tinham predileção por brincadeiras esportivas, Pedro encontrou refúgio nas histórias que lia. Passava horas e horas submerso naqueles mundos inventados, fosse no Sítio do Pica-pau Amarelo, nas viagens submarinas ou no mundo fantástico e alucinante de Alice. E assim ninguém o importunava, nem mesmo seus pais, já que era uma criança tão quieta que só se fazia notar na hora em que alguma refeição era servida, quando era preciso procurá-lo em algum canto da casa ou no alto de uma árvore, onde certamente estaria com um livro nas mãos.

Cláudia e Pedro também tinham ficado mais próximos depois do baile de formatura. Quando Renato foi embora com Ludmila, Cláudia ficou tão dilacerada que sumiu da festa. Pedro, que havia passado o baile venerando-a de longe, notou quando ela foi embora intempestivamente, deixando para trás a bolsa cheia de fitas cassetes. Ele recolheu a bolsa e pensou no que faria. Estranhamente, sentiu-se feliz, pois sabia que teria um pretexto para, enfim, procurar Cláudia.

Depois de apenas alguns dias, Pedro tocou a campainha da casa de Cláudia. Quando abriu a porta, ela ficou meio que sem entender nada. Havia trocado poucas e desinteressadas palavras com o garoto parado à sua frente.

— Oi, Pedro. Tudo bem?

— Tudo. Acho que isso te pertence — disse ele, entregando a bolsa.

— Nossa! A bolsa com as fitas! Onde é que estava?

— Você esqueceu perto do chafariz, no clube, no dia do baile.

— Ah, sim. Agora eu me lembro. A festa não acabou bem pra mim.

— Geralmente as festas são assim.

— Assim como?

— Não terminam bem pra quase ninguém e, se terminam bem, queremos mais e mais e mais. Por isso, existe a expressão "síndrome de Madame Bovary".

Cláudia nunca havia ouvido falar da tal síndrome. Pedro, percebendo o desconhecimento dela, propôs explicar-lhe um pouco mais sobre o assunto e, aproveitando a deixa, fez-lhe um convite:

— Quer tomar um sorvete de pistache comigo na praça?

Cláudia não queria. Queria voltar para seu quarto de cortinas cerradas e dormir, um efeito colateral pós-baile.

— Sabe o que é... — disse ela rapidamente, já pensando na desculpa que daria para Pedro. — É que eu tenho que fazer faxina...

Sem esperar que Cláudia concluísse a frase, Pedro respondeu de bate-pronto:

— OK, tudo bem. — Não sabia como lidar com situações de recusa. Por isso, havia escolhido desde cedo o mundo da ficção. A realidade, como bem anteviu Madame Bovary, nunca atendia às expectativas. — Então tá... A gente se vê — disse ele antes de virar-se a passos lentos e se encaminhar em direção à rua.

Cláudia ficou observando-o por alguns instantes e, sem saber por quê, se por compaixão ou capricho, teve vontade de fazê-lo parar.

— Pedro!

Ele virou-se. Seu olhar era um misto de melancolia e confiança.

— Acho que a faxina pode ficar pra depois. Eu aceito tomar um sorvete com você.

Na praça, enquanto saboreavam o sorvete, Cláudia e Pedro descobriram uma inusitada cumplicidade. Ela, que às vezes falava pelos cotovelos, parou para ouvir o menino que tinha a fala mansa, tranquila como o canto de um pássaro pela manhã.

Além de Madame Bovary, Pedro falou de Luísa, Anna Karênina, Blanche DuBois, Capitu, Macabéa. Cláudia não conhecia nenhuma daquelas heroínas, mas o modo apaixonado como Pedro as descreveu fez com que ela se interessasse por todas.

— Você vai prestar vestibular pra quê? — perguntou Pedro, curioso, em determinado ponto da conversa.

— Não sei — respondeu Cláudia. — Penso em Pedagogia ou Economia Doméstica, mas, na verdade, não queria tentar pra nada. Não gosto de estudar. Não sei bem o que quero da vida.

Pedro também não sabia ao certo o que queria da vida, se ser professor, escritor ou crítico literário, mas pelo menos tinha um norte traçado. O que quer que escolhesse estreitaria sua relação com os livros. Letras era a única opção entre todos os cursos, mas o que faria depois de formado ainda era uma incógnita. Propôs a Cláudia que se encontrassem mais vezes. Ele estava organizando um sarau de poesias e um clube de leitura. Ela topou participar. E assim se tornaram amigos.

Mas, com o começo do ano letivo e a notícia de que ele havia passado no vestibular, os dois se distanciaram. Pedro deu um jeito de contornar o contratempo colocado pela distância, propondo aulas particulares para Cláudia. Como tinha ido muitíssimo bem nos exames do vestibular, prometeu ajudá-la com aulas de reforço nos finais de semana, quando ele vinha à cidade para visitar os pais, para que ela, enfim, realizasse o desejo de dar tchau a Santa Rita do Pinhal.

Cláudia não gostou da ideia de estudar aos sábados e domingos, mas sabia que era preciso um pouco de renúncia para conquistar a almejada vaga na universidade. Perguntou a Pedro se ele aceitava mais um inscrito nas suas aulas. Renato apareceu na terceira ou quarta semana, quando Pedro já estava acostumado a devanear no ar concentrado de Cláudia enquanto ela fazia cálculos de logaritmos ou mexia na ponta dos cabelos ao decorar a tabela periódica.

E, assim, aquele ano que parecia fadado a um tédio mortal foi aos poucos se mostrando leve e efêmero como uma pluma que pousa nos ombros num momento de distração. Sem se darem conta, Cláudia, Renato e Pedro entrosaram-se de tal maneira que qualquer um teria certeza de que eram amigos desde criança. Os três, tão diferentes entre si, possuíam uma incompreensível sintonia. Como no poema *Quadrilha*, de Drummond, todos estavam ligados pelo desejo. Pedro que amava Cláudia que amava Renato que amava seu violão.

E foi justamente o violão que levou à primeira e apressada crise entre o trio. Percebendo os olhares reluzentes de Cláudia para Renato toda vez que ele dedilhava o instrumento, Pedro decidiu que também iria aprender a tocar e pediu ao amigo que lhe ensinasse a arrancar alguns acordes musicais. Porém, o que começou como mais uma manobra para chamar a atenção de Cláudia acabou se tornando uma distração autêntica.

Como era de se esperar, à medida que a cumplicidade masculina entre Renato e Pedro crescia, Cláudia era deixada de lado. Ela olhava para aquela amizade esquisita com um misto de admiração e ciúmes e decidiu traçar uma estratégia para que voltasse a ser o centro daquele triângulo e para lembrar aos rapazes de que ela era o elo que os unia. Propositalmente, começou a ficar cada vez mais ausente. Quando os estudos se encerravam, ela voltava para casa em vez de ficar de plateia para o showzinho particular dos dois amigos, que agora passavam incontáveis momentos juntos ao violão.

De início, os rapazes não perceberam nada de estranho, mas não demorou para que Pedro notasse certa irritação no cenho sempre franzido de Cláudia.

— Tá acontecendo alguma coisa, Cláudia? — perguntou ele.

— Não, nada. Por quê?

— Sei lá. Você tá sempre tão calada. Você costumava ficar aqui depois das aulas, ouvindo a gente tocar.

— Fim do ano tá chegando, né? Vestibular taí. Não posso ficar de bobeira. Você já tá com a vida ganha, né? Segundo período da universidade. Eu ainda tenho que ralar...

Renato e Pedro sentiram-se recriminados com a rispidez repentina da amiga. O violão foi deixado de lado. Pedro voltou a olhar para Cláudia como o mesmo menino inseguro que tinha batido na sua porta meses antes para entregar a bolsa com as fitas. Renato ainda se mantinha alheio aos desejos circundantes dela.

Num fim de semana no início de dezembro, Pedro não foi para Santa Rita. As provas do final do semestre estavam próximas, e ele precisava se dedicar integralmente ao estudo das cadeiras daquele período. Renato, a princípio, comemorou a ausência do amigo, pensando em ficar em casa compondo alguma coisa, arranhando seu violão.

— Nada disso — disse Cláudia com uma impostação de voz vigorosa. — Estamos na reta final. Nada de desanimar agora.

Deste modo, Cláudia e Renato mantiveram sua rotina e passaram a tarde estudando na casa dele, entre equações do segundo grau e discussões sobre a possível infidelidade de Capitu. O dia passou sem maiores sobressaltos, e, no fim da tarde, enquanto Cláudia, exausta, ainda tentava achar o cosseno do ângulo alfa, Renato cochilava, com a cabeça apoiada numa pilha de apostilas e a franja cobrindo um dos olhos.

Cláudia parou o que estava fazendo e pôs-se a admirá-lo, como o zero admirava o infinito. Passou as mãos nos cabelos dele e foi chegando bem perto do seu rosto, sentindo a respiração dele. Quando estava a uma distância mínima, uma distância que nem mesmo o mais brilhante dos matemáticos seria capaz de calcular, ela parou. Seus olhos estavam fixos nos olhos fechados dele. Ela também fechou os olhos e o beijou. Um beijo suave, quase imperceptível, a superfície dos seus lábios pousando na superfície dos lábios dele. Ficou assim por breves segundos até abrir os olhos e ter um choque ao constatar que Renato já abrira os olhos e agora era ele quem a encarava com espanto.

— Desculpa — disse Cláudia antes de recolher apressadamente seus materiais e sair correndo pela porta da sala.

No meio da rua, quando não conseguia mais segurar o pranto, Cláudia escutou a voz de Renato, que gritava seu nome. Olhou para trás. Ele vinha afoito em sua direção. Ela o esperou. Ficaram frente a frente.

— Preciso saber se você realmente é boa numa matéria.

— Que papo é esse, Renato? — Antes que Cláudia pudesse concatenar seus pensamentos, Renato a puxou pelo pescoço e beijou-a. — Parece que sim, que nós dois vamos fechar a prova de química.

Renato voltou para casa. Cláudia ficou ali, parada no meio da rua, apatetada. No dia seguinte, Pedro ligou para ela, desolado, lamentando a morte de Marguerite Yourcenar, uma de suas escritoras favoritas. Ela, que pouco havia ouvido falar sobre a autora de *Memórias de Adriano*, não deu muito ouvido ao amigo.

Cláudia ainda não sabia, mas ela e Renato iriam passar no vestibular e se mudar de Santa Rita no próximo ano. Talvez por isso ela não quisesse ouvir falar de morte, já que, justamente naquele momento, começava a viver cada vez mais intensamente.

*You used me once, you fled, looking, it was dark*
*You made an offer for it, then you ran off*
Daft Punk

# 7

Laura leu o bilhete em suas mãos pelo menos umas cinco vezes. Abriu a porta do quarto e olhou para o corredor, mas apenas uma camareira passava com um carrinho, levando roupas de cama.

Vestiu um roupão, apressada, e saiu correndo porta afora. Chamou o elevador, que diante da sua agitação parecia movido à lenha. Não teve paciência de esperá-lo. Voou pelas escadas abaixo.

Na recepção, Laura indagou ao *hostess*:

— *¿Por favor, viste pasar aquí un chico alto, pelo lácio, una boca grande...*

— *¿Un niño quemado por el sol como un camarón?*

— *¡Si! ¿Viste?*

— *Acaba de salir.*

Mal ouvindo as últimas palavras do *hostess*, Laura precipitou-se pela rua e avistou Júnior entrando num táxi. Tentou alcançá-lo, mas era tarde demais. O carro deixava a Carrer de la Princesa tranquilamente. Então, pôs-se a repetir mentalmente, inúmeras vezes, a placa do carro: 6598 NNH.

Neste momento, Beto, chegando ao hotel, avistou o que imaginou ser a continuação da noite delirante que havia tido: sua amiga, descalça, só de roupão, parada na calçada do hotel, olhando para alguma coisa ou coisa nenhuma e balbuciando algo ininteligível.

— Miga, cê tá boa?

— Repete comigo, Beto. 6598 NNH. 6598 NNH. 6598 NNH.

— O que é isso, amor, algum tipo de mantra indiano pós-futurista?

— Apenas repita, Beto. 6598 NNH. 6598 NNH. 6598 NNH.

No quarto, Laura contou a história toda para o amigo, a noite maravilhosa que havia tido com Júnior e como eles tinham se conectado. Beto não botou muita fé na conversa da amiga e teve a impressão de que ela estava enfeitiçada.

— Laura, presta atenção no que você tá dizendo! Sai fora dessa! Desde o primeiro encontro naquele fatídico dia do acidente vocês se estranham! Depois, o cara é um grosseirão com você na praia, daí você encontra com ele na balada e, quando acha que tá tudo bem, ele some, deixando um bilhete com uma frase melosa na cabeceira da cama? Esse cara é chave de cadeia! Se bobear, até faz parte de alguma facção criminosa!

— O Júnior é do bem.

— Como é que você sabe?

— Eu vi nos olhos dele.

— Ah, *sweet princess*, você é muito ingênua pro meu gosto... Pra começar, você não sabe nem o nome dele.

— Como não? Júnior!

— E Júnior lá é nome de alguém? Um Júnior pode ser qualquer coisa: Alberto, Romualdo, Josias... Ele foi embora, baby. Aceita que dói menos. Partiu. Deixou você sem carinho e sem coberta. Agora, bora aproveitar o dia, que o sol tá nos chamando.

— Não! Eu não posso fazer isso! Eu tenho que encontrá-lo.

— E como é que você vai fazer essa proeza? Por acaso a Cinderela deixou algum sapatinho de cristal?

— Eu, não! Nós!

— Estou fora dessa!

— Beto, por favor! Eu decorei a placa do táxi. A única coisa que a gente tem que fazer é pegar esse mesmo táxi e perguntar pro taxista onde ele deixou o Júnior. Descobrindo onde ele tá hospedado, eu posso me encontrar com ele novamente e passar a limpo essa história. Ele vai me explicar porque foi embora dessa maneira.

— Tá. E como é que nós vamos pegar o mesmo táxi que esse bofe pegou?

— Aplicativo. Quando a gente chama um táxi pelo aplicativo, aparece o número da placa. Se não for o que a gente tá procurando, é só cancelar e já chamar o próximo.

— Você só pode tá doida! Laura, quantos taxistas você acha que existem em Barcelona? Hoje é nosso último dia aqui antes de irmos pra Amsterdã! Você acha que eu quero passar meu dia enfurnado num quarto de hotel atrás de um cara que você não sabe nem o nome direito? Assisti muito o desenho da Pantera Cor-de-Rosa quando era criança e não tenho a menor vocação pra Jacques Clouseau.

— Por favor, Beto!

Cinco horas depois, Laura e Beto ainda estavam chamando táxis pelo aplicativo quando uma chamada via FaceTime surgiu no iPhone de Laura.

— É sua mãe, Laura — disse Beto.

— Eu sei. Não vou falar com ela agora.

— Vai ficar enrolando até quando? Atende, vai. Encara logo essa situação.

Laura apertou uma tecla do celular. A câmera foi acionada. Do outro lado, estavam Cláudia e Pedro, que ligavam da casa em Santa Rita do Pinhal.

— Filha! — exclamou Cláudia.

— Oi, mãe. Oi, pai — cumprimentou-os Laura.

— Oi, minha filha. Tudo bem? — perguntou Pedro.

— Tudo bem, sim.

Beto apareceu de repente por trás.

— Bom dia, tia Cláudia! Bom dia, tio! Bem, se aqui são quase duas da tarde... aí no Brasil ainda é manhã, né?

— Quase onze — respondeu Pedro.

— Beto, continua tentando o aplicativo. Não perde tempo — disse Laura, impaciente.

— Ih... Que azedume. Só vim dar um "oi" pros seus pais — queixou-se Beto.

— Que aplicativo é esse, filha? — indagou Cláudia.

— Conta pros seus pais, Laurinha — disse Beto num tom irônico.

— Nada não, mãe — respondeu Laura. — Vai pra lá, Beto.

Beto despediu-se de Cláudia e Pedro e voltou para a busca ilógica por um único taxista barcelonês.

— Filha, conta como foi sua discotecagem ontem — pediu Pedro, mostrando que era um pai coruja.

— Foi ótima! Fiz um *setlist* ma-ra-vi-lho-so só de música brasileira! Coloquei aquela pista inteira pra dançar! Foi energia total! Amanhã, Amsterdã!

— Que lindo, Laurinha! — disse Cláudia, comovida — Você não sabe o quanto fico contente ao ver que você se transformou nessa mulher linda e talentosa! Quanto àquele outro assunto... Seu pai e eu...

Laura não esperou a mãe concluir a frase.

— Mãe, eu já disse! Não quero fazer exame nenhum. Meu pai é esse cara fantástico que taí do seu lado. Tá ouvindo, seu Pedro? Você é o meu pai.

— Sim e sempre serei — respondeu Pedro, enternecido.

— Mas, filha, vai ser importante pra você e importante pra gente...

Dessa vez, quem não conseguiu concluir a frase foi Pedro, interrompido por um estrondoso grito:

— Acheeeeei! Achei! — berrou, exultante, Beto.

— Achou o quê? — indagou Laura.

— Como o quê, lesada? — respondeu Beto. — O taxista. Já chamei pelo aplicativo. Tá vindo pra cá.

Laura se encheu de alegria e voltou-se para os pais.

— Pai, mãe, eu preciso desligar. Falo com vocês depois.

— O que é que está acontecendo, Laura? — questionou Cláudia. — Que história é essa de taxista?

— Nada demais, mãe! Depois eu te conto. Agora eu preciso sair. Tchau — disse Laura, interrompendo imediatamente a conexão. — Beto, você é o máximo! Tá vendo como nem foi muito trabalhoso? Não são nem duas da tarde ainda. Eu vou me encontrar com o Júnior e você tem o dia todo pra aproveitar a cidade.

— Sei... Lembra que a gente tinha combinado de almoçar juntos no Uma?

— Hoje não vai dar, amor. *Uma* outra vez a gente almoça... Hahaha... Gostou do trocadilho? Vou descer. O táxi chega em dois minutos — disse Laura enquanto pegava sua bolsa e saía destrambelhada em direção à rua, batendo a porta do quarto com força.

Beto correu até a porta, abriu-a e gritou:

— Ei, Laura!

A amiga olhou para trás.

— Boa sorte — disse Beto.

Dentro do táxi, Laura tentava ser o mais clara e didática possível.

— *Conductor, presta mucha atención a lo que voy a decir porque esto es mi vida. Buscaste por la mañana, alrededor de las ocho, ocho y media, un hombre alto, flacucho, pelo castaño, liso, una boca carnosa como Mick Jagger. ¿Donde se toma a este hombre?*

A ficha do motorista demorou a cair, mesmo sem que ele entendesse direito o que Laura queria. Foi preciso que ela lhe explicasse algumas vezes que estava procurando por um passageiro entre inúmeros que ele havia transportado naquele dia.

— *Mi hija, estoy tan cansado. Me mudé tantos pasajeros hoy. No sé quién és este hombre que está hablando.*

— *¡Dios mío!* — bufou Laura, irritada. — *Él era rojo.*

— *¿Rojo?* — surpreendeu-se o motorista.

— *Sí, estaba quemado por el sol. Rojo como un pimiento.*

— *Ah, sí....*

Com essa última e derradeira dica, Laura conseguiu que o taxista se lembrasse de Júnior e de tê-lo deixado num hotel no centro da cidade. Partiram para o endereço. Chegando lá, Laura foi direto à recepção e, mais uma vez, teve de repetir a história do moço alto com bocão de Mick Jagger, mas ali, pelo menos, o nome dele poderia ser um diferencial.

— Júnior — disse ela com ênfase. — J-Ú-N-I-O-R. *Um brasileño nombrado Júnior.*

Sensibilizado com o afobamento de Laura, o rapaz foi muito gentil e, atentando contra as normas de privacidade do local, consultou seu arquivo eletrônico e mostrou para Laura que nenhuma pessoa com esse nome havia se hospedado no hotel naquele mês. Quebrando ainda mais o protocolo, disse que sabia quem era o rapaz, graças à descrição dada por Laura, mas que ele já havia partido rumo ao aeroporto. Tinha passado no hotel só para fazer o *check-out* e pegar suas malas. Laura quis saber para onde ele tinha ido, mas o recepcionista não soube dizer.

Júnior, ou seja lá que nome tinha o magrelo de olhos penetrantes, esvaiu-se, sumiu como fumaça. Será que tinha sido apenas mais uma aventura na vida de Laura? Por uma estranha intuição, ela sentia que não. Algo lhe dizia que os dois ainda se encontrariam pelas cidades do mundo e que ela passaria toda a ficha dele a limpo.

No dia seguinte, Laura e Beto embarcaram num voo com destino a Amsterdã, próxima parada dos dois amigos. Beto já havia escolhido os lugares que visitaria para seu programa, e Laura tinha uma discotecagem marcada numa importante casa noturna da cidade.

Enquanto Laura tirava um cochilo, usando uma máscara para cobrir os olhos, Beto folheava uma revista *Billboard* e esperava a comissária servir o lanche. Ele ficou pasmo com o que viu numa das páginas centrais do periódico.

— Laura, Laurinhaaaaaa... — disse Beto, afoito, enquanto cutucava a amiga.

— Beto, me deixa.

— Acorda, sua louca! Olha o que eu tenho pra te mostrar!

Laura tirou a máscara e mal pôde acreditar quando viu uma foto sua gigantesca, comandando uma picape, e a manchete que dizia que ela era uma das DJs mais promissoras da nova cena internacional da música eletrônica.

— Que revista é essa? — perguntou Laura enquanto a arrancava das mãos do amigo.

— *Billboard*, amiga! Você tá na *Billboard*! O céu é o limite! Se bem que nós já estamos no céu, né? O que vem depois do céu? As estrelas, a Via Láctea, o cometa Halley? Ah, sei lá... Seu sucesso não tem limites, Laurinha! Isso é só o começo!

Laura estava em êxtase. Ser reconhecida pela *Billboard* ainda tão jovem parecia ser o sinal de uma carreira promissora. Algo lhe dizia que tinha feito a aposta certa quando resolveu largar tudo e ser DJ. Queria ligar para a mãe, para o pai, para seu pai Pedro, e dividir essa alegria com eles. Não via a hora de pisar em terra firme e ligar o celular. Queria dividir essa alegria com seus amigos, com seus seguidores, que, assim como os de Beto, aumentavam cada dia mais. Mas, por mais que fosse acalentada por seus fãs e por pessoas do mundo inteiro que começavam a lotar as pistas de dança por onde ela passava, Laura sentia falta de dividir essa notícia com alguém especial. Alguém que ela não sabia onde estava nem qual era o seu verdadeiro nome.

*I have a tale to tell*
*Sometimes it gets so hard to hide it well*
*I was not ready for the fall*
Madonna

# 8

Os primeiros meses de vida universitária passaram voando. Nem parecia que o semestre já estava chegando ao fim. Cláudia, Renato e Pedro haviam alugado uma casa bem perto do campus. Inicialmente, os pais de Cláudia foram contra. "Onde é que já se viu? Uma menina morando com dois rapazes! O que é que os outros vão falar? Por que é que você não procura uma república feminina?" Cláudia até tinha procurado. Fora falar com Lurdinha, mas não havia vagas na república da amiga.

Decidiu procurar por mais um tempo, enquanto alugava um quarto numa pensão, mas a proposta de Pedro mostrou-se irrecusável. O amigo, que já estava morando fazia um ano em São Carlos, vivia numa casa espaçosa, com três quartos grandes. Os dois colegas que dividiam os gastos com ele iriam se mudar, pois tinham acabado de se formar. Ele precisava encontrar, para ontem, mais duas pessoas. Foi então que teve a ideia de convidar Cláudia e Renato, que tinham acabado de ingressar na UFSCar, ela para fazer psicologia e ele, filosofia.

Renato não pensou duas vezes. Cláudia ficou hesitante, não por ela, já que morar com Renato e Pedro seria viver no melhor dos mundos, mas porque sabia que teria de enfrentar a resistência dos pais. Foi falar com eles cheia de dedos.

Foi uma tarefa árdua convencer dona Célia e seu Antônio. Os pais de Cláudia foram até São Carlos para visitar a futura moradia da filha e checar se tudo estava em ordem. Não era difícil se encantar por Pedro: seus óculos de aros grossos inspiravam uma confiança notável e a pilha de livros que ficava em cima da sua mesa de estudos não passava despercebida, indicando que o rapaz era um compenetrado e dedicado estudante. Com Renato, a coisa já mudava de figura: seu quarto era uma desordem total, nem a cama ele fazia; havia alguns livros espalhados pelo chão, e até revista de mulher pelada, além, claro, do violão, seu companheiro inseparável. Entre prós e contras, os pais decidiram dar um voto de confiança para Cláudia, já que nunca a tinham visto tão empolgada. A nova vida estudantil que começava a se descortinar fazia com que saíssem faíscas de seus olhos.

Pouco tempo depois da chegada de Cláudia à república, os três amigos começaram a viver num mundo à parte. Onde um ia, os outros iam atrás. Eram tão inseparáveis que ficaram conhecidos no campus como Os Três.

Três não era demais. Três era a medida exata da alquimia que existia entre eles. Esse insólito triângulo causava estranhamento e ciumeira nos amigos mais próximos. Lurdinha, até então a eterna melhor amiga de Cláudia, sentiu-se preterida, queixando-se diversas vezes com ela. Cláudia até dava razão a Lurdinha e sentia-se em dívida com a amiga, mas, naquele momento, não sabia nem se conseguiria viver de outra maneira. Ser o centro das atenções de Pedro e Renato era sua motivação atual. Era como se ela fosse a balança que equilibrava aquelas duas personalidades tão díspares, o ponto central entre o descolado Renato e o mauricinho Pedro.

Mesmo envolvidos com as atribulações da vida acadêmica, as rotinas de estudos e os prazos para entrega de trabalhos, Os Três sempre encontravam uma brecha para ficarem absolutamente sós. Por isso, os finais de semana eram esperados com a ansiedade que precede um grande baile.

Aos sábados, Pedro sempre se levantava mais cedo e começava uma faxina na casa. Numa manhã de maio, ele botou na vitrola o último disco da Legião Urbana, que Cláudia havia trazido para a república, presente da prima Leandra, que nunca se esquecia dela. Enquanto se espreguiçava na cama, Cláudia ouviu a voz grave de Renato Russo ecoar pelos quatro cantos da república: "Sexo verbal/ não faz meu estilo/ palavras são erros/ e os erros são seus/ Não quero lembrar/ que eu erro também/ Um dia pretendo/ tentar descobrir/ porque é mais forte/ quem sabe mentir/ Não quero lembrar/ que eu minto também."

De certo modo, Cláudia sentiu que a música era uma indireta mais que direta para ela. Percebia no olhar de Pedro a veneração crescente por ela e sentia-se envaidecida. Mesmo não correspondendo ao sentimento que ele nutria, Cláudia era toda mistério, deixando sempre no ar uma brecha de que poderia ceder às investidas dele... Um dia, quem sabe...

Enquanto Pedro pegava pesado na faxina, Cláudia preparava o café. Renato acordava por volta das dez e já começava a tocar seu violão. Só saía do quarto para pegar uma xícara de café preto e voltava para continuar dedilhando seu instrumento. Mais tarde, ele preparava o almoço: macarrão à bolonhesa era sua especialidade. Não havia conflito nenhum entre Os Três. Estavam combinados assim: cada um fazia o que queria.

E, assim, o ano de 1988 passou rápido. A vida era boa. Cláudia era a garota mais feliz da UFSCar, mas, tal qual naquele ditado agourento, ela descobriu que tudo que é bom – no seu caso, ótimo – dura pouco. Com a proximidade do fim do ano, as coisas começaram a tomar outro rumo. Pedro recebeu a notícia de que havia ganhado uma bolsa para estudar Literatura Inglesa na Universidade de Oxford. Quase que imediatamente, Renato foi convidado para ser vocalista da Osso Banda, uma banda de punk rock em ascensão que iria iniciar uma turnê pelo Brasil no ano seguinte.

Os dois amigos, tão distintos entre si, tinham em comum a pulsão de seguir adiante, ir atrás dos seus sonhos. Trancaram suas matrículas no mesmo dia. Iriam partir de São Carlos em breve. Pedro e Renato se comprometeram a continuar pagando suas partes do aluguel até que Cláudia arrumasse outras duas pessoas com quem dividir as despesas.

O mundo ideal de Cláudia ruiu. Talvez fosse fácil arrumar outros dois estudantes com quem compartilhar as despesas. Lurdinha já vinha falando que queria se mudar da república onde estava. Difícil seria alguém que compartilhasse as mesmas visões de mundo, os silêncios no entardecer enquanto tomavam café em copos americanos, as conversas que ela tanto gostava de ter com aqueles dois durante a madrugada.

Naquele momento, Cláudia se dava conta de que ninguém é de ninguém, de que nada dura para sempre. Três menos dois é igual a um. Havia aprendido essa conta tão banal ainda no primário, mas nunca uma subtração lhe parecera tão trágica. Pedro e Renato levariam um pedaço dela. Era preciso se reencontrar, tentar entender que rumo tomar agora que já não era mais o vértice mais importante daquele triângulo nada equilátero.

*I know you don't get a chance to take a break this often*
*I know your life is speeding and it isn't stopping*
Daft Punk

# 9

— Amsterdã, amores! Uma das cidades mais bafo do mundo! Gente moderna, descolada, chapada... aloca! Eu tô aqui nessa pracinha simpática chamada Leidseplein. Será que eu pronunciei certo? Qualquer dúvida é só lembrar da banda, aquela de rock, Led Zeppelin, e falar tudo numa tacada só: Leidseplein. Tenho de confessar que não estamos na melhor época do ano pra visitar Amsterdã... Vocês podem ver pelo meu cachecol, né? Tá fazendo em torno de dez, doze graus, bem friozinho, mas o clima aqui é sempre ótimo, relaxado, hippie, hahahaha... Brinks. Aqui na Leidseplein rola de tudo: bares, restaurantes e *coffee shops*, aqueles famosos cafés onde você pode comprar e consumir no local drogas leves como *cannabis*. Lembrando que a maconha não é legalizada na Holanda, tá? Existe apenas uma tolerância das autoridades com o uso de drogas consideradas, digamos assim, frugais. Portanto, não vai fazer a distraída e atravessar a fronteira com um cigarrinho jamaicano, miga, sua looouca! — Beto fez sinal para Laura parar de gravar. — Ficou boa essa tomada?

— Ficou ótima — respondeu Laura num tom de desânimo.

— Vixi! Imagina se tivesse ficado péssima!

— Desculpa, Beto. Eu não tô legal.

— Laurinha, *honey*, o que tá acontecendo? Se eu tivesse no seu lugar, estaria soltando fogos... *Fireworks*, baby! Tá fazendo o maior sucesso na cena eletrônica, saiu na *Billboard*, vai tocar na Exit hoje!

— Eu sei. É que essa história dos meus pais ainda tá me deixando confusa... E tem o Júnior...

— Ah, não! Esquece esse bofe! Deixa esse traste pra lá! Pra que ficar perdendo tempo com um fantasma?

— Beto, ele teve algum motivo pra sumir assim! Eu vi nos olhos dele que ele tava a fim de mim.

— Pode até ser, mas o que é que você vai fazer? O cara desapareceu sem deixar rastro. Feito fumaça. Vai ficar se lamentando até quando? Bora tocar a vida pra frente e cuidar da sua carreira. Pelo menos ela não vai sumir no dia seguinte e deixar um bilhete piegas na cabeceira da cama.

Durante aquela tarde de outono em Amsterdã, Beto e Laura resolveram fazer programas diferentes. Beto decidiu ir até a praça Merwedeplein e deixar um buquê de tulipas aos pés da estátua de Anne Frank. De algum modo, identificava-se com aquela garota judia que foi perseguida e assassinada simplesmente por causa de sua ascendência. Beto sabia que, no Brasil, jovens negros como ele, mas que não tiveram a mesma sorte na vida, eram assassinados pelo simples fato de serem negros e pobres. Ele mesmo, na época da faculdade, foi abordado diversas vezes por policiais só porque estava andando sozinho tarde da noite numa rua qualquer a caminho de casa. Quando precisava chamar um táxi, somente o terceiro ou o quarto parava porque os motoristas viam um rapaz negro bem-vestido com desconfiança, como se ele fosse alguma espécie de golpista. Aos pés de Anne Frank, ele desabafou:

— Ah, linda Anne... As coisas por aqui continuam difíceis... Já se passaram mais de setenta anos desde sua morte, mas o preconceito segue deixando seu rastro de ódio mortal e fazendo vítimas inocentes. Mas resistiremos! A luta nunca acaba!

Em outro ponto da cidade, Laura visitava o Museu Van Gogh. Seu estado melancólico pedia uma imersão nas cores intensas do pintor holandês. Ela se deslumbrou com a miríade de tons vibrantes nas telas do artista e saiu do museu sentindo-se altiva. Parou num *coffee shop* e pediu um *stroopwafel* e uma xícara de café. Decidiu abrir seu notebook enquanto saboreava seu lanche e ler as notícias do dia. Quando acessou o Skype, lá estava sua mãe a lhe chamar. Bufou e pensou em fechar o programa, mas respirou, contou até dez e atendeu a chamada de Cláudia.

— Filhaaaa! — disse Cláudia, esfuziante, do outro lado do Atlântico.

Laura colocou o fone de ouvido e avisou *à mãe que ia se comunicar com ela por escrito*, já que estava num café, rodeada de outras pessoas. Cláudia chamou Pedro, que apareceu rapidamente.

— Oi, filha! — disse Pedro. — Como estão as coisas por aí? Muito frio em Amsterdã?

Sim, fazia frio. A máxima de doze graus era considerada uma temperatura alta para aquela época do ano. Cláudia contou para os pais sobre a matéria na *Billboard* e sobre como estava feliz com a boa recepção da crítica especializada. Cláudia e Pedro vibraram de alegria.

— Que notícia maravilhosa! — exclamou Cláudia. — Eu sabia que você ia chegar longe, minha filha! Eu sempre apostei todas as minhas fichas em você!

"Devia ter guardado algumas fichas para apostar em você mesma", foi a resposta que Laura escreveu. Do outro lado da tela, ela pôde ver os semblantes da mãe e do pai se fecharem.

— Você ainda está muito magoada comigo, né? — perguntou Cláudia.

Laura pediu desculpas e disse que ainda estava confusa e ansiosa com a discotecagem naquela noite. Quando estava se preparando para despedir-se dos pais, Cláudia pediu um instante *à* filha. Tinha uma surpresa para ela, alguém que estava em Santa Rita e que também vibrava muito com o sucesso dela.

Como num filme barato de comédia, Laura viu surgir na tela um homem de uns cinquenta anos, cabelos grisalhos, ralos e compridos, um bigode farto à moda mexicana, usando colete de couro, pesadas correntes penduradas no pescoço e calça jeans rasgada.

— *Tá reconhecendo* ele, filha? — perguntou Cláudia.

"O que esse cara tá fazendo aí?", respondeu Laura, irritada, digitando apressadamente.

— Ele tava fazendo uns shows numas cidades por perto e resolveu visitar a gente — respondeu Pedro.

Renato acenou para Laura com um sorriso amarelo, mas sincero no seu esforço em ser simpático.

— Tudo bem, moça? — perguntou Renato. — Quando é que você vem ao Brasil? Precisamos sentar e conversar. Seus pais disseram que você curte meu som. Fico lisonjeado.

"Não curto tanto assim", escreveu Laura. Na tela, ela pôde ver as caras de constrangimento geral na Dona Flor e nos seus dois maridos. "Bem, eu vou nessa", escreveu ela, por fim, e se desconectou, despedindo-se abruptamente e sem formalismos.

Quando fechou seu notebook, Laura sentiu que sua cabeça estava a mil e que seu coração batia acelerado. Tinha certeza de que seus pais tinham enlouquecido e de que, em breve, iriam morar numa comunidade hippie adepta do poliamor. Bebeu um último gole do café e saiu em direção ao hotel.

A noite caiu e as típicas bicicletas de Amsterdã começaram a zanzar de um lado para o outro entre as regiões mais agitadas da cidade. Laura e Beto se encontraram no hotel e rumaram para a *Exit*.

Na balada mais *cool* de Amsterdã, Laura adentrou a cabine de som. Enquanto esperava um DJ islandês terminar seu *setlist*, olhava para a galera na pista, que vibrava ao som da música que dominava o espaço. Ficou observando aquelas pessoas e perguntou-se qual era o sentido de estar ali. Gostava tanto da pista de dança porque nesse lugar tão específico tinha obtido algumas respostas. Para Laura, não era presunçoso pensar que o ambiente fechado das boates e a música pop eletrônica tinham, muitas vezes, o poder do delírio, do extravasamento. Numa pista de dança, perde quem faz carão, quem não se entrega por completo, quem não dança até suar o cóccix. Laura sabia disso. Estava ali para isso. Queria que seu som fizesse parte da ópera tragicômica que era a vida daquelas pessoas: da comemoração de uma promoção no trabalho, dos aniversários, dos rompimentos, da ruiva que se olha no espelho e vê a maquiagem borrada de tanto chorar. A música *é* como um abrigo que acolhe na alegria e na tristeza, basta que as pessoas estejam livres, sem amarras. Por isso, logo que assumiu o comando das picapes, Laura atacou de Hot Chip e perguntou para as pessoas: "Stand carving up the wall, why don't you open up at all?" A resposta ela sabia de cor: "We are ready, we are ready for the floor."

Mas, por ironia do destino, Laura não estava preparada para a surpresa que a noite lhe traria. Como se seus olhos lhe pregassem uma peça, avistou, num canto da pista, *Júnior. Não era possível! Num primeiro momento,* pensou que estava tão encantada que poderia estar passando por algum tipo de surto psicótico, mas de novo encarou aquele rapaz magrelo num canto, discreto, como se não quisesse ser notado, que a olhava com devoção. Então, deixou uns três *mashups* programados para tocar na sequência e abandonou a cabine. Já na pista, em estado de total excitação, procurou por Júnior, mas *não o viu. Olhou para a saída e viu um vulto cruzar a porta. Foi atrás dele. Neste momento, Beto apareceu e a conteve.*

— Onde é que você vai, Laura? Você é a DJ! As pessoas vieram aqui pra ouvir sua música!

— O Júnior, Beto!

— *O quê?*

— O Júnior! Ele acabou de sair daqui!

— Laurinha, o que foi que você consumiu no *coffee shop* hoje à tarde?

— Eu tenho certeza que *é ele!* — disse ela, saindo da boate.

Na rua, Laura avistou um homem alto e magro entrar num táxi e ir embora. Beto chegou em seguida.

— Era ele. Eu tenho certeza — disse Laura.

— Laurinha, você tá obcecada por esse *boy*... Vamos voltar lá pra dentro... A pista nos chama — disse Beto enquanto espreitava o ambiente ao redor.

— Você não tá acreditando em mim, né? Ele tava aqui e veio por minha causa. Eu vi o jeito como ele me olhava, eu não tô doida. Agora, por que é que ele foi embora assim? Aliás, por que é que ele sempre vai embora assim?

— Sei lá. De repente esse cara é um *sensate*... Ou um psicopata, vai saber.

Laura e Beto voltaram para a *Exit*. De alguma forma, o nome da boate era um sinal de que ela precisava encontrar uma saída para as angústias que volta e meia a atormentavam.

No dia seguinte, os dois amigos acordaram cedo e foram correr no Vondelpark. Numa pausa no treino, Laura indagou Beto:

— Você acha que a gente sempre sabe qual é o caminho para nossa felicidade?

— Sei lá, amor. Mas por que esse papo agora?

— *Não sei*... Tô aqui pensando... O que realmente é essencial na vida de cada um? O que te faz feliz? Amor? Dinheiro? Paixão? Família? Filhos? Trabalho? Eu ainda não sei qual é a minha.

— A gente nunca sabe. E não saber é importante, Laurinha, acredite em mim. Não saber é o que nos instiga a ir adiante. Deus me livre saber de tudo!

— Mas não é angustiante não ter a resposta para essas perguntas?

— Pode até ser, mas antes a angústia da dúvida do que a arrogância de saber todas as respostas. A gente não sabe nada.

— Meu pai. Eu o vi ontem.

— O Pedro? Falou com ele?

— Sim, com ele e com minha mãe. E o Renato Villaça apareceu no último minuto. Foi estranho. Eu me desconectei na hora.

— Que babado! Você não me contou isso!

— Pois é. Ele tava *lá com os meus pais*. Você acredita?

— Laurinha, você não acha que tá na hora de a gente voltar pro Brasil e você encarar seus temores?

— E descobrir que talvez eu seja uma fraude? Que eu nunca fui quem eu pensava que era?

— *Não exagera. No máximo, você vai começar sua terceira vida. E*, como é uma gata, ainda restarão mais quatro.

— Meu pai... Meus pais... Júnior...

— Ah, não... Desencana desse cara!

— Ele mexeu comigo, Beto! E é brasileiro. Eu tô pensando aqui... Eu deixei meu cartão com ele na época do acidente, pra ele me ligar caso tivesse algum problema com a seguradora. Será que eu não consigo o contato dele ligando para a seguradora?

— *Tá. Mas* deixa isso pra outra hora. Foca na sua carreira agora. E para de querer *stalkear* o *boy*. Esse homem não tem Face, Twitter, Tinder. Se bobear essa praga ainda tá no Orkut.

Laura deu umas boas risadas com a última frase do amigo. Internamente, ela tinha convicção de que Beto estava certo. Era preciso olhar para dentro de si, se conectar com suas origens, para, enfim, expandir-se. Era preciso voltar para o Brasil, para seu lar, e regar as flores do seu jardim, que estavam ficando murchas.

*So tired of broken hearts*
*And losing at this game*
*Before I start this dance*
*I take a chance in telling you*
*I want more than just romance*
Renato Russo

# 10

Dois anos haviam se passado desde que Renato e Pedro trancaram suas matrículas na universidade. A vida de Cláudia corria bem; era uma aluna mediana, mas empenhada. Tinha feito muitos amigos no campus e ia sempre às festas da universidade. A garota esquisita de Santa Rita do Pinhal tinha se transformado numa jovem bela e carismática. Continuava sem saber como lidar com os garotos, já que tinha um temperamento muito próximo do que se convencionava chamar de "comportamento masculino". Gostava mais dos papos de meninos do que de passar horas conversando com garotas sobre moda ou os jogos de sedução tão em voga nos testes das revistas femininas daquele ano.

Por isso, era sempre complicado para ela começar um namoro com um cara. Mesmo estando longe da casa dos pais e fazendo um curso de humanas, Cláudia sentia que os rapazes, em geral, olhavam com certo amedrontamento tanta articulação numa mulher. Dos romances que teve nesse período nenhum durou mais que quatro meses. Era sempre Cláudia quem colocava um ponto final na história quando via que o cara não conseguia acompanhar seus papos sobre vanguarda feminina ou liberdade sexual. Por outro lado, questionava se a raiz do problema não poderia ser outro: a falta de brilho nos olhos. Desde sua paixão por Renato, nenhum outro homem tinha conseguido fazer com que seus olhos soltassem centelhas. Cláudia ainda pensava em Renato. Ele estava rodando o Brasil com sua banda de punk rock, tocando guitarra enquanto deixava cair os cabelos sobre o rosto e conquistando uma legião de groupies, que deviam gritar, histéricas, por onde quer que ele passasse.

O que achava curioso é que, mesmo sendo *tão assediado*, ele não deixava de responder nenhuma de suas cartas. Às vezes, demorava um pouco ou mandava um garrancho ininteligível que denotava sua falta de paciência, mas sempre respondia. A última carta havia chegado com selo de Americana, cidade a pouco mais de cem quilômetros do campus. Cláudia mal acreditou quando leu o que estava escrito naquele papel amassado: Renato estava em turnê pelo interior de São Paulo e passaria uns dias em São Carlos. Sua reação imediata foi olhar-se no espelho e decidir marcar um horário no cabelereiro. Precisava acertar as pontas do cabelo. Mesmo com sua convicção arraigada acerca dos padrões de beleza exigidos da figura feminina, pensou que aquelas pontas duplas eram um desleixo desnecessário, uma falta de vaidade que indicava, em certo grau, baixa autoestima.

Quando já estava na rua, a caminho do salão, ouviu alguém gritar seu nome. Ao olhar para trás, viu uma esbaforida Lurdinha.

— Cláudia! Cláudiaaaaaaa!

— O que foi, Lurdinha? Alguém morreu?

— Telefone pra você.

— *Não tá vendo que eu* tô na rua? Fala que eu ligo de volta.

— É ligação internacional! O Pedro *tá pagando uma fortuna!*

Cláudia voltou imediatamente para a república. Nos últimos dois anos, eles se comunicaram por carta, já que ligações internacionais eram caríssimas. Ela atendeu o telefone, apreensiva:

— Alô, Pedro!

Mesmo com a ligação ruim, Cláudia ouviu nitidamente quando Pedro disse, entre chiados, que estava voltando para o Brasil. Não tinha conseguido estender o prazo de sua bolsa. Chegaria dali a dois dias, no mesmo dia em que Renato estaria de passagem pela cidade! Seus dois melhores amigos chegando no mesmo dia! Era uma notícia boa demais para ser verdade! Isso exigia uma comemoração, uma festa!

No dia da chegada dos amigos, Cláudia despertou com os galos. Estava repleta de uma alegria que não cabia no mundo. Tal qual Mrs. Dalloway, saiu para comprar flores para a festa. Voltou algum tempo depois, trazendo consigo flores, velas e incensos para perfumar a casa, além de uma sacola com comes e bebes. Abriu as janelas, deixou a luz do dia invadir a sala e botou o disco *As Quatro Estações*, o último da Legião Urbana, na vitrola. Colocou a agulha na faixa nove e começou a cantar "quero me encontrar, mas não sei onde estou/ vem comigo procurar algum lugar mais calmo/ longe dessa confusão e dessa gente que não se respeita/ tenho quase certeza que eu não sou daqui".

Toda vez que cantava "Meninos e Meninas", Cláudia sentia imediatamente uma alegria tomando conta de si. Letra e música eram contagiantes. E, naquele momento, ela berrava com total convicção "acho que o imperfeito não participa do passado". "Nem do presente", pensou. Não sabia bem qual era sua ideia de perfeição, mas pensava que seus dois melhores amigos tinham de estar dentro dela. Como não ser tomada por uma desenfreada e ilusória felicidade com a chegada de Pedro e Renato?

Ela estava morrendo de saudade dos dois amigos. De maneiras diferentes, estava ansiosa para ver os dois. De Renato, sentia a falta do cheiro, de ouvir o timbre da sua voz rouca, de vê-lo soprando a fumaça do cigarro meio de lado. De Pedro, sentia falta da conversa, de passar madrugadas insones ouvindo-o falar sobre as semelhanças entre Madame Bovary e Luísa.

Cláudia passou a tarde entre cuidados com a própria beleza e a arrumação da casa. Com a ajuda de Lurdinha, dividiu seu tempo entre tirar as cutículas e deixar as cortinas quarando no varal, depilar o buço e afastar os móveis para ganhar mais espaço na sala. Desse modo, o tempo voou. Nem percebeu que já eram quase sete horas quando a campainha tocou. Estava certa de que era a entrega da Mercearia do Pitico; faltavam ainda umas encomendas para receber. Abriu a porta. Mal pôde acreditar quando se deparou com Renato, parado ali na sua frente. Não conseguiu disfarçar o entusiasmo, pulou no colo dele e encheu-o de beijinhos.

— Entra, entra logo — disse Cláudia.

Renato entrou devagar e deu uma olhada no lugar, observador.

— Que foi? — perguntou Cláudia. — *Tá muito diferente?*

— Cara! Chocante! Você mudou tudo!

— *Tá muito cafona?*

— Er... — grunhiu Renato, sem conseguir esconder um risinho constrangido. — Digamos que ficou com mais cara de mulherzinha. Agora não tem mais dois marmanjos pra deixar copos espalhados pela casa.

— *Um* marmanjo, né? Porque o Pedro era mais organizado que eu... Quem deixava copos, revistas, travesseiros espalhados pela casa era você.

Eles passaram uns segundos em silêncio, olhando para baixo, sem saber direito o que fazer.

— Você tá diferente... Mais bonita — disse Renato, sem conseguir olhar nos olhos de Cláudia.

— Você acha? Tô a mesma coisa. Acho só que emagreci um pouco, o cabelo cresceu, fiz um corte diferente, sei lá...

— Parece mais séria...

— *Séria*, eu? Imagina!

— Sei lá... Mais mulher.

— Talvez seja porque tive que ser mais responsável... O peso da vida adulta... Quando você e o Pedro foram embora, os dois de uma vez, tive que me virar depressa... Tava muito acostumada a ter vocês o tempo todo do meu lado... Mas me conta! Como tá a banda? Pelas cartas que você me manda, parece que tá indo bem pra caramba, né? Agenda cheia, sempre na estrada... Sua vida deve ser o máximo!

— Mais ou menos. É uma vida como outra qualquer.

— Como assim "uma vida como outra qualquer", Renato? Você é um *superstar*!

— Eu? Imagina! Sou um cara normal, tranquilo. Com as mesmas chateações de todo mundo. O que muda é que eu não tenho muita rotina, não tenho um lugar pra parar, guarida, saca?

— E vai me dizer que sente falta disso?

— *Pô! Pra caramba! Sabe que tem uma coisa que nunca te falei...*

— Uma coisa?

— É. Quando a gente morava junto, eu, você e o Pedro, foi a melhor época da minha vida.

— Até parece — disse Cláudia, tentando disfarçar sua comoção.

— É sério. Vocês foram a primeira família que eu tive de verdade, com rotina, esse lance de disciplina. Meus pais sempre foram meio doidões... Minha mãe é terapeuta holística, meu pai é artista plástico. Eu sempre fui criado muito solto, sem saber o que fazer.

— E isso não foi bom?

— Até certo ponto, sim. Mas chegou uma hora em que eu me perguntava quem ia fazer minha comida. Tive que aprender a me virar sozinho muito cedo. E, quando vim morar aqui com você, essa minha ânsia por ser cuidado meio que aplacou um pouco. Você tava sempre do meu lado. Lembra que, nos primeiros meses, dormíamos eu, você e Pedro na mesma cama? Você no meio, eu de um lado, o Pedro do outro. Os três de mãos dadas.

— Engraçado... E nunca aconteceu nada entre a gente.

— Nunca. Eu tive que me controlar muito para que nada acontecesse.

— Você tá falando sério?

— Sobre...?

— Sobre ter se controlado. Eu achava que...

— Você é linda, inteligente, sensível. Pensa em como foi difícil resistir a você.

Nesse momento, Cláudia pegou Renato pela mão.

— Vem cá, eu ainda não te mostrei meu quarto.

— Mudou alguma coisa no seu quarto também?

— Vamos lá. Você vai ver.

Renato achou estranho Cláudia trancar a porta assim que entraram e quis dizer algo, mas ela pousou o dedo indicador nos lábios dele.

— *Não fala nada.* Apenas não resista mais.

Com um comportamento que não sabia que tinha, Cláudia deixou seu vestido cair. Quase nua, abraçou Renato, envolvendo-o num excesso de vitalidade. Sentia-se plena, intensa, entregue. Os dois se beijaram e, iluminados pela emoção, fizeram amor.

Os convidados da festa começaram a chegar. De seu quarto, Cláudia escutava a movimentação. Já não queria fazer sala para os colegas do campus nem rir das mesmas piadas de sempre. Queria dizer a todos que a reunião estava cancelada, voltar logo para sua cama e se entrelaçar com Renato embaixo dos lençóis. Foi interrompida de seu devaneio por Lurdinha, que começou a bater insistentemente na porta do quarto:

— Cláudiaaaaa! — chamou a amiga.

— *Já* tô indo, Lurdinha — respondeu Cláudia, afoita, do outro lado da porta, enquanto vestia sua roupa e arrumava o cabelo.

Quando abriu a porta, ela se deu conta de que não tinha mais como voltar atrás. A festa já rolava solta, as pessoas circulavam pela sala, bebiam, comiam, fumavam, falavam alto. A tradicional roda de violão acontecia no quintal. "Por onde for quero ser seu par." Ela deu uma volta pelo ambiente e cumprimentou os amigos. Estava resplandecente, qualquer um podia notar. Renato saiu do quarto logo em seguida. A agitação foi geral. Havia muito não via alguns amigos do curso de Filosofia que estavam por ali. Botaram o papo em dia.

Cláudia foi conversar com Lurdinha e com outras amigas, mas espreitava Renato. Os dois agora tinham algo em comum, um segredo. Algo esplendoroso havia acabado de acontecer entre eles, e mais ninguém no mundo sabia. Pensou em se aproximar dele e ficar um pouco na roda dos garotos. Fez um prato e pensou em levar para ele. A campainha tocou. Cláudia foi atender. Era o pessoal da banda de Renato. Estavam acompanhados de uma loira esquálida, de olhos incrivelmente claros e com um ar de debilitada que lhe dava certo charme. Renato apressou-se em receber os amigos e a loira. Cumprimentaram-se com um selinho. Renato virou-se para Cláudia e disse:

— Cláudia, essa é a Natasha, minha namorada. — Então, olhou para Natasha. — Essa *é Cláudia, minha melhor amiga.*

— Então você é a famosa Cláudia? — comentou Natasha. — Até que enfim eu posso te conhecer! O Renato *não para de falar de você.*

Cláudia sorriu sem graça. De uma hora para outra, foi tomada por um turbilhão de sensações. Em menos de um segundo, passou do mais profundo êxtase à desolação completa. O próximo passo era se trancar no banheiro e desaguar em lágrimas para tentar se recompor e voltar à tona. Não teve tempo. Olhou para fora e avistou Pedro. Chegava como quem nunca partiu, com seu mesmo jeito atabalhoado, distraído como um menino que sai para a escola e esquece a lancheira em casa. Pedro, mais uma vez, era sua tábua de salvação. Num movimento brusco e precipitado, Cláudia jogou-se de encontro a ele, num abraço caloroso e fraternal. Pedro, que não esperava uma recepção tão afetuosa, ficou visivelmente emocionado.

Ao ver Cláudia e Pedro abraçados, Renato correu ao encontro dos amigos e envolveu-os com os braços. Os Três finalmente se reencontravam. As próximas horas seriam de conversas empolgadas entre eles. Renato falando sobre sua turnê, Pedro contando sobre a vida em Oxford e Cláudia dividindo as novidades do campus. Mesmo tendo esperado tanto tempo por aquele momento, Cláudia sabia que nada mais seria como antes, principalmente depois do sexo com Renato e da *súbita revelação de que ele estava namorando. A alquimia havia se quebrado.* A invisível corrente elétrica entre ela e Renato parecia não mais conectá-los.

Por que ele nunca havia contado que estava namorando? Há quanto tempo durava aquele namoro? Por que ele não disse isso antes de fazerem amor? Uma porção de perguntas permanecia em sua cabeça. Para outras, ela já havia encontrado respostas. Lembrou-se de que, antes de despir-se, Renato quis avisar-lhe algo. Era sobre o namoro, agora ela entendia. Mas por que então ele se entregou com tanta, ao que parecia, devoção?

Natasha. O fato é que a coisa devia ser séria com essa tal Natasha. Renato nunca havia lhe apresentado uma namorada em todos esses anos. E agora parecia todo garboso quando dizia o nome dela: Na-ta-sha. E o pior é que Natasha era gente boa, engraçada, culta, o tipo de mulher com quem Cláudia gostava de conversar.

A festa varou noite adentro. Quando todo mundo foi embora, Cláudia olhou para o rádio-relógio, que marcava 4h25min. Haviam sobrado ela e Pedro. Cláudia tinha se esquecido de como ele era avesso a bebida. Não gostava do sabor, era o que costumava dizer, mas ela sabia que ele não gostava era de perder o controle. Pedro era o paizão da turma, o que ficava sóbrio para os outros se divertirem. Era ele quem a levava para casa quando ela bebia demais e não conseguia andar sem cambalear. Era ele quem fazia uma xícara de café forte e sem açúcar para curar a ressaca dos amigos. Era ele quem jogava o bebum debaixo de uma ducha gelada quando estava prestes a perder a consciência e quem segurava o cabelo de Cláudia quando ela se agachava para vomitar.

Cláudia e Pedro olharam em volta. A bagunça era geral: garrafas, pratos e copos espalhados, cinzeiros cheios de bitucas e o chão imundo e melado, resultado de várias bebidas derramadas ao longo da noite.

— Tô morta. Vamos dormir. Amanhã eu dou um jeito nisso — disse Cláudia.

— De jeito nenhum! Esqueceu com quem você tá falando? Se quiser, pode ir dormir, mas eu vou dar um jeito nessa sujeira toda agora. Você ainda guarda os produtos de limpeza no mesmo lugar?

Uma hora e meia depois, a casa estava um brinco, mas Pedro *e Cláudia* estavam exaustos.

— Preciso de um banho — disse Pedro.

— Eu também. Vou pegar uma toalha para você. Acho que tenho umas camisetas que te servem. Você vai dormir aqui, né?

— *Não sei...*

— Pedro, deixa de bobagem. Essa casa ainda é sua. Você não tá pensando em voltar pra Santa Rita e pegar a estrada cansado desse jeito, né? *Tá decidido, você dorme aqui*!

Cláudia pegou uma toalha para Pedro, que tomou um banho. Logo em seguida, foi a vez dela. Quando saiu do banheiro, encontrou o amigo deitado na rede da varanda.

— Você tá dormindo? — perguntou Cláudia.

— Que nada! Tô acordado. Senta aqui comigo. Vem ver o nascer do sol.

Cláudia sentou-se ao lado de Pedro, e os dois puseram-se a ver o sol surgir resplandecente no horizonte. Ficaram assim, calados, por minutos. Então, caíram no sono. Dormiram abraçados.

Quando acordou, horas depois, Pedro olhou para Cláudia, que dormia tranquila, com a cabeça encostada no peito dele. Sorriu, incrédulo. Ela acordou e espreguiçou-se lentamente. Os dois então se olharam. Cláudia levantou-se.

— Desculpa ter dormido assim... Você deve tá com o corpo todo doído.

— Um pouco, sim, mas *não tem nada do que se desculpar. Foi a melhor noite da minha vida.*

Cláudia ficou desconcertada com as palavras de Pedro. Sem dizer uma palavra, saiu dali.

— Cláudia, onde é que você vai? — perguntou Pedro.

— Vou passar um café pra gente.

De súbito, Pedro *pôs*-se na frente de Cláudia.

— Até quando você vai continuar fingindo que não percebe o que eu sinto por você?

— Eu, hein, Pedro! Do que é que você tá falando?

— Você sabe do que eu tô falando. E já sabe há muito tempo. Eu sou louco por você. Eu achei que passando esses anos fora... Sei *lá, poderia me distrair com outros mundos, quem sabe até me encantar por alguma inglesinha, mas, não, eu nunca consegui tirar* você da minha cabeça.

— Pedro... — disse Cláudia, tentando achar palavras para levar a conversa adiante.

— Pedro?

— Você é o cara mais incrível do mundo. Eu tive certeza disso desde o dia em que você apareceu lá em casa pra me devolver a bolsa com as fitas, lembra?

— E como eu poderia não lembrar? Foi ali que a gente começou a se aproximar.

— Eu tava num mau humor insuportável. Nem passava pela minha cabeça tomar um sorvete de pistache com o CDF da escola. Mas, ao mesmo tempo, *não consegui dizer não. Não consegui dizer não porque o cara que* tava ali na minha frente era encantador, confuso, desconcertado, educado. Um desses caras que tem um charme às avessas, sabe? Como Billy Crystal em *Harry & Sally*! A verdade é que, talvez, intuitivamente, eu tenha dito sim pra você naquele dia porque eu sabia que dizer sim pra você era uma das decisões mais acertadas que eu tomaria na vida. E eu não tava errada.

De certo modo, Cláudia sabia que nenhum outro homem a olhava com tanto deslumbramento nem a desejava com tanto ardor. Sentia-se engrandecida por ser objeto daquela afeição e que já era hora de retribuir aquela expectativa. Ela e Pedro se aproximaram e trocaram um longo beijo.

Naquela manhã de um dia qualquer de 1990, Cláudia e Pedro se amaram com a calmaria de antigos namorados. Era o início de uma história repleta de amor e de desencantos.

*A tourist in a dream*
*A visitor it seems*
*A half-forgotten song*
*Where do I belong?*
*Tell me what you see*
*I need something more*
Daft Punk

# 11

O dia amanheceu nublado em Amsterdã. Quando Laura abriu a janela do quarto do hotel, um vento gélido cortou-lhe a pele. Sentiu no peito uma melancolia, causada pela saudade dos pais. Saudade: essa palavra que só existe na língua portuguesa nunca tinha feito tanto sentido. Arrependeu-se do tratamento que vinha dedicando à mãe durante aqueles meses e mandou uma mensagem de WhatsApp para Cláudia, pedindo para ela se conectar no FaceTime.

— Oi, filha! Que milagre é esse? Você pedindo pra falar comigo? — disse Cláudia, com cara de sono e ainda de pijama.

— Oi, mãe! Cadê o papai? — perguntou Laura.

— Ainda tá dormindo.

— O Renato Villaça ainda tá aí?

— Não. Ele tá hospedado no hotel.

— Pelo menos isso... E quando é que ele vai embora?

— Por que essa pergunta, Laura?

— Porque eu tô pensando em passar uma semana aí em Santa Rita e não queria cruzar com ele.

— Você vai vir pra Santa Rita? Que notícia maravilhosa!

— Mãe, você ainda não respondeu a minha pergunta. Quando é que esse cara vai embora?

— Em breve. Veio passar uns dias só... Laura, você não vai acreditar! Você se lembra da Heleninha?

— Heleninha?

— É, filha! A Heleninha, filha do prefeito!

— Ah, sim! Lembro mais ou menos. O que é que tem?

— Ela vai se casar na semana que vem e me disse que queria que você fosse a DJ do casamento. Eu disse que não dava, obviamente, porque você tá em turnê na Europa, mas agora que você tá me falando que vai passar uma semana aqui... As datas vão bater! Você topa ser DJ da festa de casamento dela?

— Que convite inesperado, mãe! Sei lá! Acho que sim!

— Que ótimo, filha! Vou dar essa notícia pra ela! Ela vai ficar superfeliz! — disse Cláudia antes de ser interrompida por Laura, que escutou batidas na porta do quarto.

— Mãe, vou ter que desligar. Tão batendo aqui. Acho que é o serviço de quarto. Pedi café.

— Você não muda nada, hein, minha menina! Sempre com preguiça de levantar da cama...

— Beijo, mãe! A gente se fala depois.

— Beijo — finalizou Cláudia.

Laura abriu a porta. Não era o serviço de quarto. Era Beto.

— Você? Achei que fosse meu café — disse Laura.

— Deixa de ser preguiçosa, gata. Vamo tomar café no restaurante. Quem sabe o grande amor da sua vida não tá à espreita entre uma xícara de café e um *poffertje*?

— Beto, eu acabei de falar com minha mãe. Vou aproveitar que minha agenda tá livre na semana que vem para visitar meus pais no Brasil. Você vem comigo?

— Pra Santa Rita? Tá amarrado! Aquela cidade é um marasmo! Não tem nada pra fazer!

— É uma semaninha só. Ou nem isso. Além disso, você também pode visitar sua mãe na Bahia.

— Vou pensar. Mas o que é que deu na senhora pra mudar de ideia assim, de uma hora pra outra? Até bem pouco tempo atrás, tava relutante em rever seus pais...

— Bateu saudade.

— O nome disso é banzo.

— Banzo?

— Era como meus ancestrais chamavam esse sentimento de melancolia, de saudade da terra natal, quando foram levados à revelia para viver como escravos no Brasil... Quer saber? Eu fecho contigo! Quando é que a gente embarca?

Laura entrou em Santa Rita do Pinhal dirigindo devagar seu carro alugado. Olhou para aquela paisagem tão insípida, destituída de atrativos, e pensou que realmente nunca se sentira parte daquele universo. Desde criança, quando brincava de boneca, inventava personagens viajantes e aventureiras e criava lugares imaginários. O bucolismo do interior, que para tanta gente *é* algo aprazível, causava nela um tédio imenso. Sentia que sua mãe compartilhava suas ideias e não entendia por que Cláudia tinha se acomodado *à* vida ali, já que presenciou várias discussões dos pais sobre a monotonia da vida que levavam.

Quando completou dezessete anos, Laura quis partir. Foi embora para fazer cursinho em *São Paulo*. Então, passou no vestibular para Comunicação Social. Da faculdade para o emprego na TV foi um pulo. O rosto bonito chamou a atenção de um diretor de *casting*, que a convidou para estrear como apresentadora num canal universitário. A experiência não durou muito tempo porque o programa acabou cancelado por falta de verba. Foi então que Beto surgiu como um anjo e a indicou para um teste na emissora em que trabalharam juntos por anos a fio. A vida atribulada havia feito com que ela quase não visitasse Santa Rita durante todo esse período. Além disso, tanto ela como a *mãe preferiam se ver em São Paulo, pois assim* podiam aproveitar juntas a vasta programação cultural da cidade.

Aos 25 anos, ela estava de volta à sua cidade natal. Vinha acompanhada de Beto. A presença do amigo iria fazer o tempo passar mais rápido. Era sempre assim quando chegava em Santa Rita: já começava a contar os dias que faltavam para ir embora. Ficaria na cidade por apenas uma semaninha. Mas, por algum motivo, sentia um clima estranho no ar, como se algo estivesse prestes a acontecer, algo que a deixaria por um tempo além do previsto nos cafundós de Judas, como ela costumava dizer.

Quando Laura e Beto chegaram à casa dos pais dela, a recepção não poderia ter sido mais calorosa. Uma mesa farta, cheia de quitutes, estava posta. Cláudia e Pedro tinham passado à tarde na cozinha, preparando os lanches preferidos da filha.

— Curau de milho verde! Eu não acredito! — disse Laura enquanto se fartava à mesa.

Beto foi mais comedido, provando um pouco de cada coisa. Vivia fazendo regime e, no momento, seguia a dieta do pires: só comia o que cabia num pires. Quando terminava o diminuto prato, dava-se por satisfeito.

— Relaxa um pouco, Beto! Prova esse pavê de limão que tá uma delícia — insistiu Cláudia.

— Desculpa, dona Cláudia. Não é desfeita, mas é que Hollywood não perdoa — respondeu Beto, acanhado.

Num clima descontraído, a tarde passou ligeira, entre amenidades e risadas. Laura e Beto contaram todas as novidades da Europa, inclusive a história do reencontro com o brasileiro misterioso chamado Júnior, que sumiu sem deixar rastros.

— Eu não acredito que você reencontrou o cara do acidente em Barcelona! — espantou-se Cláudia.

— É... A gente acabou se cruzando na praia. À noite, ele foi até a balada onde eu tava tocando. Daí a gente ficou — explicou Laura.

— E o cara sumiu depois. Eu falei pra sua filha chutar que aquilo era um ebó mal despachado! — soltou Beto.

— *Não fala assim, Beto!* — retrucou Laura. — Eu me apaixonei!

— Isso não é paixão, é desembesto! Mas o importante é que já passou.

Assim que Beto proferiu a frase, fez-se um silêncio geral.

— Passou, não passou? — insistiu o amigo com Laura.

— Ai, Beto! Que chatice! Vai ficar pegando no meu pé agora?

— Minha filha, não fala assim com seu amigo. Ele só está preocupado com você — ponderou Pedro.

Quando Laura estava prestes a opinar sobre o assunto, a campainha tocou.

— *Ué! Vocês estão esperando* mais alguém? Mamãe, você não avisou a todos os primos e tias que eu tô na cidade, n*é? Eu disse que não queria muito barulho*, que era uma viagem de descanso — disse Laura, levantando-se e abrindo a porta. Ao fazer isso, deu de cara com Renato Villaça.

— Oi — disse Renato, de modo ponderado.

Frente a frente, os dois se encararam. Laura estremeceu.

— O que é que está acontecendo aqui, eu posso saber? — questionou Laura num tom de voz alterado. — Pra isso aqui virar um circo só falta a lona! Se vocês estão achando que eu sou a palhaça, a atração principal do picadeiro, estão muito enganados!

Laura pegou sua bolsa e encaminhou-se para a porta.

— Laura, minha filha, espera! — pediu Cláudia enquanto a segurava pelo braço.

— Mamãe, quantas vezes eu falei que queria resolver esse assunto no meu tempo? Vocês estão sendo invasivos! Isso não tá certo! — disse Laura, furiosa, saindo em disparada, não sem antes ter um fio de cabelo arrancado pela mãe, que o guardou discretamente no bolso da calça.

Andando desabalada pela rua, Laura não sabia onde iria parar. Naquele momento, ela só queria mesmo andar sem destino, colocar as coisas em ordem dentro da cabeça, sentar em qualquer lugar, respirar. Porém, foi interceptada por uma jovem morena, de óculos escuros, cabelos tingidos com reflexos louros e batom cor-de-rosa cintilante.

— Você não *é a Laura? Laura Loyola Diniz?* — perguntou a jovem.

— Sim, sou eu mesma — disse Laura, retraída.

A jovem *à* frente de Laura começou a dar pulinhos e gritinhos de excitação.

— *Não tá lembrando de mim?*

— Er...

— Heleninha. Ana Helena Lisboa Alcântara. Nós fomos amigas na pré-escola. Depois, eu tive que me mudar, pois meus pais eram funcionários públicos e viviam mudando de cidade. Mas já faz uns dez anos que tô de volta a Santa Rita. Meu pai agora é prefeito da cidade.

— Claro! Heleninha! Eu me lembro de você!

— Você tá bombando nas pistas! Você não sabe o orgulho que isso traz pros seus conterrâneos!

— Obrigada! Mas eu tô começando agora... Tenho muito chão pela frente ainda.

— Começando com o pé direito, né, gata? Matéria de página inteira na *Billboard*. Milhares de seguidores no Face, no Insta, no Twitter! Eu tenho todas as *playlists* dos seus *sets*, eu baixo tudo que você recomenda. Vem cá, a gente vai ficar parada assim no meio da rua? Você não quer tomar um milk-shake comigo?

Laura não queria. Inventou duas ou três desculpas, todas recusadas por Heleninha, que estava afoita para botar o papo em dia com a amiga de infância. Foram as duas para a lanchonete Água na Boca, na praça matriz da cidade.

— Eu achei que você só chegaria na cidade daqui a alguns dias! Sua mãe te falou do meu casamento? Tá tudo certo, né?

— Sim, tudo certo. Eu vou tocar.

— *Ótimo! Você não sabe como isso é importante pra mim! Minha festa de casamento vai ser um bafo! Vai entrar pros anais da história de Santa Rita do Pinhal! Eu e meu noivo...* Eu *já te falei do meu noivo*, o Carlos? Ah, o Carlinhos é o homem mais lindo do mundo! Ele e eu combinamos em tudo. Gostamos dos mesmos filmes, do mesmo tipo de música. Por isso, pensei em você como DJ... Laura, sabe o que eu queria pedir? Você não pode ir tocar hoje, na minha despedida de solteira?

— Hoje?

— É, hoje. Vai ser num clube na saída da cidade. Tá tranquilo, tá favorável. Contratei uns *go-go boys* e vai ter comida e bebida rolando solta. Ia improvisar um som, mas já que você tá aqui... Nada melhor que a maior DJ do mundo!

— Heleninha, eu acho que você tá me superestimando...

— Magina! *Tá fechado então? Ó, tá aqui o convite...* Tem tudo aí, endereço, horário. Te espero lá — disse Heleninha, saindo apressadamente. — *Não esquenta com a continha, já paguei. Não repara a pressa, amiga, eu tenho acupuntura e shiatsu* ainda hoje. Sabe como é, né? Semana da noiva.

Quando Heleninha saiu, Laura respirou profundamente e contou até dez. Beto apareceu em seguida, como num passe de mágica.

— Laura, Laurinha... O que você tá fazendo aqui? Te procurei pela cidade toda! Até na sacristia da igreja eu fui pra ver se você estava rezando!

— Beto, senta aqui... Saí de casa pra espairecer um pouco depois da armadilha que meus pais prepararam pra mim... Acabei encontrando uma moça, uma amiga de infância... Minha *mãe já tinha me falado dela...* Enfim, o fato é que essa moça, Heleninha, ela acabou de sair daqui e me convocou pra tocar na despedida de solteira dela, que vai ser hoje à noite.

— E você vai?

— *Não sei, mas pelo clima que tá lá em casa...* E você sabe, né? Só uma pista de dança consegue aliviar minhas tensões.

Quando chegou no lugar onde seria a festa, Laura encontrou uma decoração exuberante. Logo na entrada havia balões platinados em forma de coração circundando a porta. Dentro do espaço, havia poltronas com tecidos que imitavam couro de onça e um bar com um enorme balcão à moda dos filmes americanos de faroeste. Assim que Heleninha a avistou, correu ao seu encontro.

— Lauraaaaaaaaa! — gritou Heleninha, que estava superfeliz. — Deixa eu te apresentar pras minhas amigas.

Durante os vinte minutos seguintes, Laura ficou cercada por uma turma de mulheres embonecadas que queriam saber absolutamente *tuuuuuuuuuudo* sobre as últimas tendências de moda e comportamento na Europa: onde ir, o que vestir, o que escutar, quem seguir no Insta. Laura sentiu-se ligeiramente entediada com o assédio daquelas moças, mas foi simpática do início ao fim.

Passada a agitação inicial em torno dela, Heleninha anunciou a entrada triunfal dos *go-go boys*. Eram todos homens com corpos malhados vestindo algumas fantasias inusitadas, que iam de torneiro mecânico a executivo. O fato é que em breve todos estariam trajando apenas uma sunguinha.

Laura dirigiu-se para cabine de DJ. Era hora do show. O que tocar numa despedida de solteira? Ela começou pelo óbvio: "Girls Just Wanna Have Fun" e passou por "Express Yourself". Na sequência, engatou um *mashup* de "Work", da Rihanna, com "Ginza", do J. Balvin. Quando todas as garotas estavam em polvorosa com os *go-go boys* e com a música que rolava em sincronia com a empolgação do lugar, Laura mandou ver no papo reto de Jess Glynne: "Don't be so hard on yourself, no/ learn to forgive, learn to let go/ everyone trips, everyone falls/ so don't be so hard on yourself, no."

Heleninha e suas amigas se jogaram no rolê. Todas estavam animadas. De sua cabine, Laura via que as garotas estavam felizes demais! Sentia-se recompensada por aquilo. Tinha vivido uma maré de emoções naquele dia, mas parecia que iria fechá-lo com chave de ouro. Estava completamente envolvida pelo clima inebriante da música e pela energia contagiante das garotas que dançavam e se divertiam. "*Last night a DJ saved my life.*" Ela era a DJ que salvava vidas! Estava tão arrebatada pela música que nem percebeu quando Carlos, o noivo de Heleninha, invadiu o local e, como um homem das cavernas, arrancou-a dali, levando-a dependurada em seus braços.

Laura só se deu conta de que havia algo errado quando olhou para pista e notou que todas as meninas tinham parado de dançar. Ela desceu da cabine, foi até elas e perguntou por Heleninha. O noivo a tinha levado embora, dizendo que aquilo não era lugar para uma mulher de respeito.

— Mas que brucutu! — indignou-se Laura.

Depois daquela cena, *não havia mais clima para festa. As amigas de* Heleninha começaram a se dispersar. Laura tocou umas três ou quatro músicas mais tranquilas para acalmar os ânimos, que pareciam estar à flor da pele. Que tipo de homem ainda agia de forma tão truculenta assim com uma mulher? E por que ainda havia mulheres que se sujeitavam a isso? Laura teria respostas para essas perguntas dali a alguns dias, no casamento de Heleninha. O que ela nem sonhava é que essas respostas estariam estritamente ligadas à sua própria vida.

*Just like a muse to me, you are a mystery*
*Just like a dream, you are not what you seem*
Madonna

# 12

Laura nasceu em 28 de novembro de 1991, *às* oito horas da noite.

— Ninguém nasce às oito em ponto — disse Laura certa vez para sua mãe.

— Bota aí uns minutos pra baixo ou pra cima. Eu lembro que tava passando o *Jornal Nacional*, porque escutei a voz do Cid Moreira enquanto você dava seu primeiro choro.

*À princípio, Laura achou aquela informação curiosa*, mas depois ficou pensando em que tipo de mãe *é* capaz de ouvir a voz do locutor de um jornal televisivo enquanto seu bebê se esgoelava pedindo carinho e proteção? Sua mãe.

Cláudia não era uma mãe relapsa, apenas encarava a maternidade como qualquer outro assunto em sua vida, com exceção de sua paixão por Renato, vendo-a com um pragmatismo assustador. A verdade é que ela não havia planejado a gravidez. E Laura sempre pensava que uma gravidez não planejada era o mesmo que uma gravidez indesejada. Seria ela indesejada desde sempre?

Ela ter vindo ao mundo foi um fator complicador para sua mãe. Cláudia estava no último ano do curso de Psicologia e teve de abandonar os estudos. Concluiu a faculdade dois anos depois do nascimento da filha e só exerceria a profissão alguns anos mais tarde. A verdade mesmo Cláudia sabia de cor: nunca teve certeza do que queria fazer na vida. Agarrou-se à criação da filha para mentir para si mesma, dizer que a vida estava muito atribulada, que *não tinha com quem deixar Laura* para sair para trabalhar. Mas era cômodo saber que Pedro estava do seu lado, ele, sim, dando um duro danado para trazer o sustento da casa.

Logo após o nascimento da filha, aquela garota articulada e rebelde da juventude aos poucos deu lugar a uma jovem dona de casa acomodada e entristecida. Quando Laura nasceu, Cláudia andava pelos cantos mal-humorada. Chegou-se a cogitar a possibilidade de depressão pós-parto, um diagnóstico pouco comum para aqueles tempos, mas Cláudia sabia que seus ânimos sempre alterados eram uma insatisfação crônica com tudo que a cercava e que dominava sua vida.

O casamento com Pedro, meses antes, tinha sido realizado com uma cerimônia simples, para poucos convidados, na igreja matriz de Santa Rita do Pinhal. Cláudia achava todo aquele ritual desnecessário, mas, por insistência dos pais, entrou na igreja vestida de noiva, sem véu e grinalda, já que, segundo sua mãe, a indumentária seria uma afronta em sua situação.

Pedro era o melhor marido do mundo: carinhoso, dedicado, bom pai. Seu olhar era uma seta eternamente iluminada e sempre direcionada a Cláudia. Ele registrou cada momento da gestação com uma câmera Kodak DCS-100, uma das primeiras câmeras digitais profissionais! Uma verdadeira revolução!

Quando Laura nasceu, Pedro conciliava sua defesa de mestrado com as aulas de Literatura Inglesa que dava na UFSCar. Era uma rotina intensa. Sobrava pouco tempo para paparicar a esposa e a filha recém-nascida, mas ele sabia que era preciso esforçar-se para dar o melhor para a família. O chamado do mundo adulto se impusera antes do que ele havia previsto. De uma hora para outra, viu-se envolto com as despesas de uma casa e com noites insones ao lado de Cláudia, ajudando-a com o berreiro que Laura abria às três e quarenta da madrugada.

Mesmo assim, nada o incomodava. Era a vida que tinha sonhado para si. Casado com a menina que sempre desejou e pai de uma garota linda e saudável. Ao contrário dele, Cláudia perdia o sono não só com o choro da filha, mas também com pensamentos inoportunos que insistiam em perturbá-la quando ela menos esperava. Às vezes, pensava que não era uma mulher correta, fosse *lá o que isso* quisesse dizer.

Quando soube que estava grávida, Cláudia teve de agir rápido. Havia dois possíveis pais: Renato e Pedro. Renato, o *bandleader* que estava sempre na estrada, o cara que, quando soubesse da notícia, talvez perguntasse "E o que você tá pensando em fazer?". E, quando ouvisse da boca de Cláudia que ela teria a criança, responderia "Ah, legal" e depois sumiria por algum tempo, telefonando de vez em quando e mandando uma grana para que ela se virasse com as fraldas.

Não estaria segurando sua mão quando Laura viesse ao mundo. Estaria cumprindo sua agenda de shows, com Natasha ou outra loura esquálida a lhe esperar no *backstage*. Pedro *não era uma opção, era* uma certeza, a concretude de um pai presente, o cara que seguraria a barra, que a veneraria mesmo quando ela estivesse com os olhos esbugalhados e a pele marcada por estrias depois da gravidez, o sinônimo de uma vida estável, mais previsível e menos incerta.

"Um porto seguro", pensou Cláudia. Era disso que precisava. Naquele momento, *não importava* a vida mundana e cheia de aventuras que ela havia projetado para si. Talvez estivesse mesmo fadada a navegar em águas calmas pelo resto da sua existência. E foi com um misto de desapontamento e conformidade que recebeu de Pedro a notícia de que voltariam a morar em Santa Rita. Após o nascimento de Laura, os dois haviam continuado em São Carlos. Pedro juntara algum dinheiro, fruto de suas economias, e conseguira um empréstimo bancário avalizado pelo pai. Com isso, iria abrir uma escola particular. Santa Rita, como outras cidades do interior de São Paulo, estava em franca expansão e já passava da hora de ter uma escola particular.

Pedro tinha planos inovadores para sua escola, pensando em trabalhar com uma educação não convencional. Há anos vinha estudando a influência da inteligência emocional aplicada ao ensino formal. Com sua formação em psicologia, Cláudia seria uma ótima parceira nessa empreitada.

Caía um temporal desolador no momento em que Cláudia e Pedro voltaram para Santa Rita do Pinhal. Era noite, a energia havia caído e a cidade estava às escuras. Cláudia trazia Laura enrolada numa manta de lã de cor pérola, felpuda e quentinha. Ela olhou para o rosto da filha, tão alheia a todas as angústias que a mãe sentia. A tempestade fazia aflorar um clima de desamparo que combinava com as emoções que a corroíam por dentro. Não era uma estrela de rock, não era nem mesmo uma groupie ensandecida berrando o nome do seu ídolo em algum ponto do globo terrestre iluminado por canhões de luz. Era mais uma mulher, como tantas outras mulheres banais e apáticas que havia conhecido durante sua vida. Estar de volta não era tão ruim. Sua vida logo entraria nos trilhos. Tinha uma família, teria uma carreira. Quem sabe poderia até ser feliz.

*Your home's a promise long forgotten.*
*It is the birthplace of your dreams*
Daft Punk

# 13

Dois dias em Santa Rita pareceram meses intermináveis para Laura. Tudo naquela cidade – dos costumes à conexão quase inexistente de internet – dava a impressão de que se vivia em outro século. Ela acordou cedo e começou a ler o jornal – em papel! –, que o entregador havia deixado ali logo cedo. Olhou seu celular e sua lista de contatos no WhatsApp. Nenhuma atualização, nenhuma nova mensagem.

— Laurinha, tem certeza de que nós temos que ficar aqui até o dia desse bendito casamento? — indagou Beto.

— Beto, eu dei minha palavra de que iria tocar na festa. Não posso voltar atrás. Você sabe que, se pudesse, eu iria embora com você. Detesto casamentos.

— Você e essa implicância com coisas convencionais. Vai me dizer que nunca pensou em entrar numa igreja vestida de noiva, de véu e grinalda?

— Deus me livre! — disse Laura, batendo na madeira para, logo em seguida, perder-se nos seus pensamentos.

— O que foi? O que é que tá passando aí na sua cabecinha? — perguntou Beto, percebendo o olhar distante da amiga.

— Quer dizer, eu nunca tinha pensado em me casar com alguém até...

— Até?

— Até aquela noite em Barcelona quando eu e o Júnior...

— Ai, Laura, esse cara de novo não!

— Beto, me deixa! Qual é o problema? Vai me dizer que você nunca encucou com alguém?

— Mas o que é que você viu nesse cara?

— Não sei. O amor ou a paixão, sei lá, quando acontece, vem assim. É um sentimento que te deixa sem rumo. No dia do acidente, eu já havia sentido uma emoção diferente. Não quis dar o braço a torcer porque ele foi grosseiro, mas, no fundo, eu saí pensando "tomara que a gente se veja de novo". E a gente se viu. Na praia, na balada. E quando eu o vi naquela pista, mal pude acreditar! Parecia que era o universo atendendo às minhas súplicas! E ele se desculpou, foi fofo. E tudo o que veio depois foi incrivelmente perfeito! Absolutamente tudo: o timbre da voz dele, o sorriso, o jeito que o olhar dele penetrava no meu olhar...

— Bem... Quem sou eu pra julgar? Mas, se você ainda pensa tanto nesse cara, por que não liga na seguradora e pede o telefone dele?

— Você acha que eu já não fiz isso? Ele pediu sigilo. E olha que eu tentei, viu? Melhor mudar de assunto, já que é bem provável que eu nunca mais o veja — concluiu ela, com um suspiro pesaroso antes de voltar ao mundo real. — Mas, Beto, eu sei que você tá com saudade da sua família. Aproveita e vai visitar sua mãe na Bahia. A gente se encontra daqui a dez dias em Guarulhos para pegarmos o voo pra Joanesburgo.

— Acho uma boa ideia. Vou falar com seus pais e me despedir deles. Pego um ônibus no final da tarde pra São Paulo e, de lá, um voo pra Bahia — disse Beto.

Nesse momento, a campainha tocou. Laura foi atender. Quando abriu a porta, viu alguém que segurava um enorme buquê de flores para esconder o rosto.

— Surpresa! — exclamou Heleninha, tirando o buquê da frente do rosto.

— Heleninha? — disse Laura, desconcertada, pegando o buquê que havia sido praticamente jogado em suas mãos.

— Ai, amiga, desculpa por ontem — disse Heleninha, entrando na sala e esparramando-se no sofá. — O Carlinhos é muito ciumento. Sabe como é, né? Amor demais!

— Não, não sei.

— Laura, você é feminista?

— O quê?

— Feminista. Essas mulheres nervosas que odeiam homens.

— Não! Veja bem, Heleninha, eu acho que você está um pouco equivocada...

— Laurinha, eu sei que os homens, às vezes, são uns malas, mas, vai por mim, a gente precisa de um abraço forte pra nos esquentar no inverno, de um pé quente embaixo da coberta.

— Não necessariamente. Há quem curta ficar sozinha. Há quem curta estar acompanhada. Depende da fase da vida. Acho que isso varia muito, Heleninha.

— Conversa pra boi dormir. Ninguém nasceu pra ficar sozinho. Mas, vem cá, eu vim aqui por outro motivo... Tô indo fazer a última prova do vestido. Você vem comigo?

— Eu?

— É. Você. Tá vendo mais alguém aqui?

— Heleninha, desculpa, eu não quero parecer indelicada, mas você não acha que é um momento muito pessoal da sua vida e que talvez fosse melhor chamar uma amiga...

— Uma amiga mais próxima, você quer dizer?

— Exato.

— Pode parecer que eu tô te alugando, mas é que você é tão chique, tá sempre dando dicas de moda no seu Insta, que achei que você seria a melhor pessoa pra opinar sobre meu vestido, mas, se você não estiver disposta, tudo bem...

— Não! Eu estou disposta. Vamos lá. Santa Rita é uma cidade tão pacata, né? É bom sair um pouco de casa, me distrair.

Heleninha ficou empolgada com a afirmativa de Laura, pegou o celular e tirou uma selfie dela e de Laura, que postou no Insta com a *hashtag #partiuateliedanoiva*.

Enquanto esperava para ser chamada no ateliê de costura, as "amigas" tricotaram sobre os mais diversos assuntos.

— Eu já te mostrei uma foto do Carlinhos? — perguntou Heleninha.

— Carlinhos? — indagou Laura.

— É. Carlinhos. O Carlos, meu noivo. Ele é um gato! Vou te mostrar uma foto dele.

Heleninha começou a mexer no celular, mas, antes que pudesse mostrar a foto do futuro marido, foi interrompida pelo estilista, que a chamou para experimentar o vestido.

Dez minutos depois, ela voltou. Quando Laura a avistou, ficou embasbacada, mas não exatamente com o bom gosto de Heleninha, que parecia um bolo confeitado.

— Como estou? — perguntou, eufórica, Heleninha.

— Er... linda! — disse Laura, num tom sóbrio, antes de atender uma ligação de Beto. — Oi, Beto. Pode falar... Como assim tá pegando o ônibus?

— Não tinha ônibus em outro horário — respondeu Beto.

Laura desligou o telefone apressada.

— Desculpa, Heleninha, mas não vou poder esperar. O Beto, meu amigo, tá indo embora. Eu tenho que me despedir dele.

Na rodoviária da cidade, Laura e Beto dividiram um sanduíche enquanto esperavam o embarque.

— Poxa, Beto... Será que vou aguentar ficar quase uma semana sem te ver?

— Claro que vai, gata! Uma semaninha passa voando.

— Não aqui. Mas vamos pensar na nossa próxima parada: Joanesburgo! Deve ser irado!

— Bem, tá quase na hora. O motorista já tá conferindo as passagens. Vou entrar. A gente vai se falando por Whats.

— Assim que eu tiver conexão, né? Porque meu 3G tá uma porcaria e você sabe que a conexão aqui é complicada.

— Beleza.

Beto entrou no ônibus. Pela janelinha, acenou algumas vezes para Laura e, como nos filmes clássicos da década de 1950, deixou um lencinho branco cair.

"É a cara dele fazer toda essa *mise-en-scène*", pensou Laura, entrando no jogo e correndo atrás do ônibus, acenando e gritando "*Ne me quitte pas, mon amour*" para, em seguida, abaixar-se e pegar o lenço, erguendo-o com as duas mãos.

Neste instante, deu de cara com Renato Villaça.

— Acho que já passou da hora de a gente ter uma boa conversa.

No ônibus, enquanto selecionava uma *playlist* para escutar durante o caminho, Beto olhou pela janela e viu que seu plano havia dado certo. Deu uma piscadinha para Renato Villaça.

— Que tudo se resolva da melhor forma pra você, Laura, *my sweet princess*... — disse Beto ao mesmo tempo que ligava a câmera do seu celular e começava a gravar uma mensagem no Snapchat. — Alô, alô, meus amores... Tavam com saudade de mim? Pois aguardem que vem coisa boa por aí. Tô voltando agora de um retiro num lugar maravilhoso — disse ele, apontando a câmera para fora da janela do ônibus. — Santa Rita do Pinhal, uma cidade com muito verde, muita paz, muita montanha, muita cachoeira, muita... Não tá ficando bom isso, eu nem sei se tem cachoeira em Santa Rita, mas um rio onde desemboca o esgoto da cidade deve ter, né? E se tiver cachoeira, que graça tem cachoeira? Vamo combinar que a gente acha lindo aquela queda d'água nas fotos, mas quando se chega lá é uma pasmaceira, um "não pega ninguém", pega no máximo uma dengue, porque esses lugares costumam dar muita água parada. Bem, acho que não foi uma boa ideia gravar um vídeo sobre Santa Rita. *Fail*, Beto. *Fail*. Desculpa, gente. Esqueçam esse vídeo porque eu também vou esquecer. Além do mais, ele se autodestruirá em vinte e quatro horas — concluiu ele, desligando a câmera.

*When you looked into my eyes*
*And you said goodbye*
*Could you see my tears?*
Madonna

# 14

Cláudia tinha se saído bem no seu primeiro ano como mãe, pelo menos essa era a avaliação que fazia de si própria. É claro que ter Pedro e toda a infraestrutura que ele havia criado contava muito. Dona Célia, sua mãe, também estava o tempo todo por perto. Mas, desde os primeiros dias após o parto, passada a desorientação inicial que era lidar com uma nova pessoinha totalmente dependente dela, Cláudia decidiu tomar as rédeas da maternidade. Ser mãe era algo que se descortinava a cada dia em tons diferentes. Tudo era sempre uma novidade: o choro de cólica ou de fome, as risadas espontâneas, as assaduras, as fraldas que mudavam de tamanho numa velocidade que a atordoava.

Quando se deu conta, o ano de 1992 já estava quase no fim. Faltava menos de uma semana para Laura completar um ano, e Cláudia não havia planejado nada para comemorar a data. Pensava que era melhor assim. Primeiro, porque não estavam nas melhores condições para gastar com supérfluos. Segundo, porque uma festa para uma criança de um ano, que não teria a mínima noção de toda a confusão acontecendo ao seu redor, era supérflua. Pensou apenas em fazer um sapatinho de crochê como lembrança para a filha.

Quando se viu sentada na poltrona da sala, entre agulhas e lã, Cláudia teve um lampejo desconcertante: se, dois anos atrás, alguém lhe dissesse que ela se distrairia com afazeres tão domésticos e prosaicos, teria ouvido boas risadas. Mas, naquele momento, perder-se entre o ponto alto e o ponto parafuso a levava para outro mundo. O rádio ligado ao fundo e a voz de Renato Russo, que dizia "esse é o nosso mundo/ o que é demais nunca é o bastante", também contribuíam para que ela se perdesse entre seus devaneios. Pensou na festa de formatura, nas caixas enviadas pela prima Leandra, que já não chegavam havia uns bons anos, e em Lurdinha, que havia abandonado os estudos e agora vivia numa comunidade hippie em Arembepe. E assim ficou por um bom tempo naquela tarde de novembro, costurando suas reminiscências, até que um anúncio no rádio a trouxe de volta para o presente imediato. A propaganda dizia que Renato e sua banda fariam um show em São Carlos dali a alguns dias.

A notícia provocou um abalo instantâneo em Cláudia. Perguntava-se até quando a simples menção do nome de Renato a deixaria tão desorientada. Ao mesmo tempo, sabia que tinha motivos para perder o rumo. A presença de Renato trazia a lembrança de que ela carregava um segredo em suas entranhas: a dúvida sobre a paternidade de Laura. Decidiu que poria um ponto final nessa incerteza que tanto a atormentava. Iria até São Carlos, procuraria por Renato e diria a ele que talvez fosse o pai de Laura. Fariam o exame e estaria tudo acabado.

No dia do show, Cláudia esperou Pedro adormecer e saiu. Menos de uma hora depois, estava em São Carlos, atrás de uma pequena multidão ensandecida que gritava o nome de Renato. De longe, ela o avistou no palco. Refletores se acenderam. Ouviram-se os primeiros acordes de guitarra. A multidão foi ao delírio. Perdida no meio do público, Cláudia acompanhava tudo com uma empolgação contida. Tinha certeza de que o show sempre teria de continuar para Renato.

Era assim a cada solo de guitarra, a cada grito histérico vindo de uma fã na plateia, a cada noite iluminada pelos isqueiros do público, a cada entonação de vozes uníssonas cantando o refrão de suas músicas quando ele apontava o microfone para os espectadores em estádios lotados. Era um círculo vicioso. Ser idolatrado era o mesmo que ser amado. E o melhor: ser amado por milhares de pessoas. Renato tinha uma vida de êxtase constante, o ego massageado cotidianamente. Vivia num estado de exaltação tão inalterável que o amor de uma única mulher era algo trivial. Chegar em casa cansado depois de um dia de trabalho e ter uma refeição saborosa ou um banho quente eram atrativos para meros mortais. Para Renato, uma estrela do rock, que tinha a estrada como mundo e hotéis como lar, encarar uma família e a mesma mulher todos os dias era o prenúncio da morte.

Esses pensamentos tremulavam pela mente de Cláudia enquanto ela assistia a mais uma performance vigorosa de Renato no palco. Esperou pelo bis e decidiu ir embora sem falar com ele. Caminhou por uma ruazinha deserta, onde havia deixado o carro estacionado. Abriu e entrou.

— Ia embora sem falar comigo? — disse Renato, sentado no banco do carona.

Cláudia deu um berro.

— Quer me matar do coração?

— "Se por acaso morrer do coração é sinal que amei demais", disse nossa musa do rock.

— Como é que você entrou no carro?

— Ah, Cláudia, me poupe! Tá falando com o Renatão, cara! Eu tenho anos de estrada!

— Cara. É sempre assim que você vai me ver, né? Como um cara, um amigão.

— Nem sempre. No início, sim, mas hoje eu te vejo como uma grande mulher. Por que tava indo embora sem falar comigo? Eu vi você enquanto tava aquecendo a voz na coxia. Fiz o show superempolgadão pra você.

— Ah, sei lá... Vim só pra curtir mesmo. Deve ter muita gente querendo seu autógrafo depois do show.

— Bobagem. Poxa! A gente é ou não é amigo? Custava nada vir falar comigo.

— Talvez sejamos bem mais que amigos.

— Eu não tenho a menor dúvida disso!

— Não tem?

— Nunca tive.

— E por que é que nunca me deu mole então?

— Porque talvez eu seja um babaca. Porque quando percebi que você tava na minha, o Pedro já tava arrastando não um bonde, mas uma estação de trens inteira por você. E eu não tenho a menor dúvida de que ele é um cara muito melhor que eu. Um cara que poderia te dar uma vida segura, uma vida que eu nunca poderia te dar.

— Você não acha que quem deveria saber o que é melhor pra mim sou eu? Que quem deveria ter feito essa escolha do que é certo ou errado pra mim era eu mesma? Lembra-se da última vez que a gente se viu?

— Claro! E como eu poderia esquecer?

— A gente foi pra cama e logo em seguida você me apareceu com uma...

— Eu tentei avisar.

— Tentou?

— Tentei. E ao mesmo tempo não quis. Porque, se tivesse te avisado, talvez não tivesse acontecido o que aconteceu entre a gente. E o que aconteceu foi mágico.

— Foi mesmo?

— Pra mim foi. Pra você não?

Cláudia ficou em silêncio por alguns segundos, abaixou a cabeça, pensativa, e voltou a encarar Renato.

— Eu me casei. Com o Pedro.

Ao ouvir essa frase, Renato, sentiu-se combalido e, de algum modo, traído.

— Eu só posso dizer que o Pedro é o homem mais sortudo do mundo.

— Poderia ser você esse tal homem mais sortudo do mundo.

— Poderia. Mas o mundo sempre me chama. Por que é que vocês não me avisaram?

— Você tava em turnê em algum lugar da América Latina. A gente não conseguiu te avisar. Nós temos uma filha. O nome dela é Laura.

A notícia atingiu Renato em cheio. Uma filha de Cláudia e Pedro era a confirmação de que ele havia definitivamente perdido a parada.

— Poxa! Quanta novidade! Parece que já não somos tão próximos, né? Como diz aquele velho ditado, você e o Pedro casaram, mudaram e não me convidaram. Eu sinto falta de quando éramos mais próximos. Os Três, lembra? Era assim que todo mundo chamava a gente no campus.

— Eu também. Mas o tempo não volta, né? A vida anda pra gente. E querer reviver algo que já passou é furada. Mas, por algum motivo, a gente sempre acha que se tivesse tomado outro caminho, as coisas seriam melhores. Não adianta ficar remoendo o que passou. Na real, eu nem sei o que vim fazer aqui. Eu me empolguei, ouvi no rádio que você ia tá aqui. Achei que poderia ser um reencontro legal, sei lá...

Cláudia achou que aquele era o momento apropriado para dizer o que precisava ser dito, mas respirou fundo e pediu:

— Renato, você pode dar licença? Eu preciso ir embora agora, voltar pra casa, amamentar minha filha.

Renato foi pego de surpresa pelo pedido, mas acatou o desejo de Cláudia. Deu-lhe um beijo no rosto, abriu a porta e saiu. Cláudia ainda ficou parada por instantes dentro do carro. Um nó preso em sua garganta havia muito tempo foi desatado e um choro convulsivo veio à tona. Observou Renato ir embora, aquele andar desajeitado de pernas tortas. Contemplou aquela imagem até ela sumir quando ele entrou numa Kombi da banda.

Era madrugada quando Cláudia girou a chave e acendeu a luz da sala. À sua frente, de pé, Pedro embalava Laura, enrolada numa manta. Ele trazia no semblante um misto de aflição e doçura.

— Onde é que você tava? Laura chorou a noite inteira. Não sabia se era fome... Fiz uma mamadeira, mas ela continuou chorando. Acalmou agora há pouco.

— Fui encontrar o Renato. Pedro, têm algumas coisas que você ainda não sabe. Eu não aguento mais carregar essa culpa. Não é justo comigo nem com você.

Pedro não tinha a mínima noção do que Cláudia queria dizer, mas, ao notar o olhar da esposa, teve certeza de que, o que quer que fosse, tinha a urgência do derradeiro encontro dos amantes que se encaram à beira da morte.

*If you lose your way tonight*
*That's how you know the magic's right*
Daft Punk

# 15

— Você não acha que é um pouco tarde pra gente ter qualquer tipo de conversa? — questionou Laura, num tom ríspido, enquanto se virava para ir embora para a casa dos pais.

Renato a segurou pelo braço.

— Por que toda essa agressividade?

— Sei lá. Vai ver que é porque, de uma hora pra outra, eu fiquei sabendo que o cara que amei a vida inteira, que sempre me deu tudo, pode não ser meu pai. Meu pai pode ser um tiozão decadente do rock.

— O Pedro nunca vai deixar de ser seu pai. E eu não sabia da possibilidade de ter uma filha até bem pouco tempo atrás. Eu tenho tantos motivos pra estar fulo da vida quanto você, acredite em mim.

Laura percebeu o tom conciliador na fala de Renato. O homem parado à sua frente, com ares de bicho-grilo remanescente de Woodstock, parecia ser boa gente. Ela se sentiu um pouco arrependida por ter sido tão radical no seu julgamento a respeito dele.

— OK. E o que você quer fazer agora? Tomar uma breja, um café...

— A gente pode sentar e conversar um pouco?

Sentados no coreto da praça, Laura e Renato se olhavam, procurando semelhanças enquanto colocavam a conversa em dia. Laura sempre se achara parecida com Pedro, mas, de repente, parou para pensar que essa semelhança podia ser apenas alguma espécie de feitiço ou veneração. Já tinha ouvido dizer que filhos adotivos costumam parecer com os pais ou que filhos criados por padrastos se parecem mais com estes do que com os próprios pais. Havia até aquela velha história de que os cachorros se parecem com os donos. Todas essas teorias malucas passavam por sua cabeça. Ela decidiu aquietar a mente e ouvir o que Renato tinha para lhe dizer.

— Eu li a matéria na *Billboard*! Irado!

— Você curtiu? Sabe que eu fiquei surpresa? Não tava esperando.

— Sei bem como é. Comigo também foi mais ou menos assim. Na época que "Já é Tarde", nosso primeiro *single*, estourou, eu tava numa pindaíba lascada. Morava num conjugado na rua Frei Caneca, conta de luz atrasada, telefone cortado. Eu costumava ir ao Canativa pra tomar café, porque esse bar, além de ser descolado, como a galera costumava dizer, tinha um proprietário gente boa, que sempre me deixava pendurar a conta. Pois bem... Tava eu lá, sentado, comendo um misto e tomando um pingado, quando entra o Raul Seixas.

— O Raul Seixas? — admirou-se Laura.

— Sim! O Raulzito! Isso foi em 1988, logo que tranquei

a faculdade pra sair em turnê com a banda. Ele morreu no ano seguinte. Mas o fato é que ele entrou no bar, e eu fiquei olhando pra ele, de longe, e pensando "um dia quero ser como esse cara". Em qualquer apresentação com a banda, tinha sempre um momento que o público não aguentava mais ouvir nossas músicas, hahaha, e pedia: "Toca Raul!" E o cara, o maior astro de rock do Brasil, tava ali, a poucos metros de mim, enquanto eu pensava em como faria pra chegar ao fim do mês comendo macarrão com salsicha todos os dias. De repente, nossa música começou a tocar no rádio. Eu gritei pro seu Domingos, gerente do bar: "Ei, aumenta aí!" Não pude acreditar quando ele me disse que a música tava estourada, que ele não aguentava mais escutar aquela porcaria, hahaha... Depois de alguns dias, a gravadora entrou em contato com a gente. E então nós embarcamos numa maré boa que durou alguns anos.

— Que história maneira! Você no mesmo bar que o Raul! Eu não sei o que faria se alguém que eu curto muito estivesse no mesmo lugar que eu.

— Provavelmente não faria nada. A admiração deixa a gente meio besta. E naquela época também era modinha ser *blasé*. Todo mundo fazia o tipo "tô nem aí", cabelo jogado na frente dos olhos pra simular um ar de distração que, na verdade, era absolutamente calculado. Esse era o código que mais ou menos todo mundo usava no Madame Satã.

— Você frequentava o Madame Satã? — perguntou Laura, encantada. — Putz! Eu adoraria ter discotecado no Madame Satã, a balada mais alternativa de São Paulo naquela época!

— Eu era figurinha fácil no Madame. Acabei trombando com uma galera famosinha lá... Rita Lee, João Gordo, Marisa Orth, Cazuza, Caio Fernando Abreu...

— Famosinha? Você tá me tirando, né? Imagina eu entrando no banheiro e dando de cara com a Rita retocando o batom! Eu teria que manter meu ar *blasé* e dizer: "E aí, Rita, me empresta seu batom vermelho?" E ela me responderia: "Sai pra lá, garota chata, não provoque, é cor-de-rosa-choque!" Hahaha...

— Foi uma época muito legal. Eu tava aprendendo a ser adulto ao mesmo tempo que via alguns ídolos completamente inconsequentes se comportando como crianças. Minha cabeça dava um nó às vezes. Mas aquela sedução da noite, das pistas cheias, da festa que nunca acaba foi me levando até a gente parar de fazer sucesso. Se eu soubesse que tinha uma filha linda como você, acho que teria aportado em algum cais antes.

Neste momento, Laura, que até então tinha um sorriso de contemplação de um canto a outro da boca enquanto ouvia as histórias de Renato, retraiu-se.

— Você ainda não sabe se sou sua filha.

— Sim, não sei. Mas, se eu tivesse sido seu pai, se tivesse

sido o cara que te criou, talvez eu tivesse caído fora da estrada há mais tempo.

— Acho besteira pensar dessa maneira. O "se" é sempre muito cruel. A vida não tem "se". A vida é consequência das nossas escolhas. Tentativa e erro. Tentativa e acerto. E assim vai.

— Veja só... Tão novinha e já batendo um bolão.

— É como eu vejo as coisas, é como eu sinto. A vida é boa. Não foi você mesmo quem disse isso numa das suas canções?

— Sim. A vida é boa. Cheia de percalços, mas vale a pena. Valeu a pena em cada segundo que eu disse sim pra vida... Laura, por que é que a gente não faz esse exame logo?

— Vai mudar alguma coisa? Desculpa, Renato, eu tô aqui conversando com você e te achei um cara maneiro, de verdade, mas meu pai sempre vai ser o Pedro.

— Eu não quero tomar o lugar do Pedro. Mas, pra mim, vai ser importante saber que eu tenho uma âncora, que eu não vou partir sem deixar um pedaço de mim aqui.

— Me dá mais tempo pra pensar. Eu vou embora de Santa Rita daqui a alguns dias. Antes de ir, eu te dou uma resposta — disse Laura, para, logo em seguida, dar um beijo no rosto de Renato, levantar-se e ir embora.

Renato era um homem do mundo, um aventureiro, um cara sem raízes, desapegado de valores materiais. Tinha aproveitado cada segundo de sua vida sem pensar no dia seguinte. A consequência foi chegar à meia-idade quase sem um tostão furado. Sua banda começou a naufragar em meados da década de 1990, e, desde então, ele não fazia mais do que esparsos shows durante o ano, muitos com grupos *covers* de bandas famosas. Ficou parado ali, observando Laura. "As minhas pernas tortas", pensou. Algo dentro dele dizia que ela era sua garota.

Beto chegou esbaforido ao Aeroporto de Congonhas. Tinha menos de vinte minutos para fazer o *check-in*. Adentrou o saguão correndo, mas foi parado por um grupo de fãs.

— Beto! Beto! Tira uma selfie com a gente! — gritou um adolescente.

— Claro! — respondeu Beto, posicionando-se entre os fãs para tirar a foto.

— Tira uma selfie só comigo agora? — pediu uma jovem da turma.

— Não me leva a mal, bebê... É que eu tô atrasado, tenho que fazer o *check-in* ainda. Vamos ficar só com essa selfie coletiva? — sugeriu Beto.

— Vixi! Pelo visto o sucesso subiu à cabeça — disse, com aspereza, uma voz familiar.

Beto virou-se e deu de cara com Zuleika Vieira.

— Olha, olha... Quem é viva sempre aparece! — alfinetou Beto.

— Como você vai, *ma chèrie*? — perguntou Zuleika, com ironia.

— Melhor do que nunca. Aliás, eu tenho que agradecer tudo que você fez por mim.

— Que isso! Não tem nada que agradecer! Tudo que eu faço é de coração!

— E eu não sei? Pena que você tenha um coração tão trevoso. Mas fica tranquila que o universo se encarrega de botar tudo no seu devido lugar. Como bem disse Heráclito, "a única constante na vida é a mudança". Bom te ver. Agora deixa eu ir porque realmente tô atrasado — concluiu Beto, que logo se despediu dos fãs. — Beijos, crianças! Cuidem-se e não esqueçam de acessar minha página porque essa semana tem vídeo novo!

Laura acordou animada no dia do casamento de Heleninha. Sabia que, depois de cumprir sua missão, estaria livre para partir para outros rumos. Visitar Santa Rita era visitar seu ninho, ver-se cercada de mimos e proteção, aconchego e calor. Era importante se reconectar com o passado para poder seguir adiante. Mas dez dias eram mais que suficientes. Já sentia falta de conversar em outros idiomas, dos quartos de hotéis, dos sabores nunca antes experimentados, das pistas cheias de gente querendo se divertir.

Por isso, estava tão eufórica quando entrou, acompanhada dos pais, no salão onde estava sendo realizado o casamento. Tinha prometido a si mesma que iria tocar uma *playlist* que não deixaria ninguém parado. Heleninha poderia ficar tranquila: se dependesse de Laura, sua festa iria ser pura fechação.

Laura e os pais chegaram atrasados. Com a cerimônia já em andamento, os noivos já estavam de costas, virados para o altar. Cláudia e Laura deram graças a Deus por não terem acompanhado o ritual desde o início. As duas achavam rituais tradicionais um tanto entediantes.

Justamente por serem retardatários, tentaram ser discretos e não chamar a atenção. Estava tudo correndo dentro dos conformes, não fosse por um detalhe que causaria um *looping* de cento e oitenta graus no andar da carruagem: a cauda do vestido de Cláudia ficou presa num enorme vaso de plantas. Sem perceber, ela continuou andando e derrubou o trambolho, causando um barulho estrondoso. Todos os convidados se viraram para trás para ver o que estava acontecendo. Todos os convidados e os noivos. Heleninha e Carlos. Carlos de Almeida Melo Júnior. Júnior.

Quando Laura olhou para o noivo de Heleninha, suas pernas estremeceram e seu coração disparou, parecendo que sairia pela boca. Sua vista se escureceu e ela teve de se amparar na mãe para não cair estatelada no chão.

— Minha filha, você está se sentindo bem? — perguntou Cláudia.

— Mãe, é ele! — murmurou Laura.

— Ele quem?

— O Júnior, mãe! O noivo da Heleninha é o Júnior! O mesmo Júnior do acidente, o mesmo Júnior que reencontrei em Barcelona e que tanto abalou minhas estruturas!

*Why's it so hard to love one another?*
Madonna

# 16

— O Renato... — começou Cláudia, titubeante.

— O Renato? — indagou Pedro à guisa de resposta.

— Ele tem a mesma chance de ser pai da Laura que você. *Fifty-fifty*.

As pernas de Pedro estremeceram. Ele pôs Laura no berço, sentou-se na poltrona ao lado e olhou para Cláudia, atordoado.

— Como assim, Cláudia? Do que é que você tá falando?

— Lembra-se do dia em que você voltou da Inglaterra? Do dia em que dei uma festa na república?

— Sim! E como eu poderia me esquecer desse dia? Foi um dos dias mais felizes da minha vida! Foi o dia em que a gente...

— Eu havia ficado com o Renato. Meses depois, estava grávida. Vocês foram as únicas pessoas com quem...

Cláudia não conseguiu concluir a frase. Pedro pegou um copo e, com raiva, quebrou-o com a própria mão, que se tingiu de sangue instantaneamente.

— Calma, Pedro! Eu nunca te vi assim! — exasperou-se Cláudia, pegando um pano para estancar o sangue.

Pedro arrancou o pano das mãos de Cláudia e enfaixou a própria mão com o tecido.

— Calma! É tudo que eu tive durante minha vida inteira! Talvez por isso você sempre tenha olhado pra mim com esse olhar benevolente! Pedro, o pacato; Pedro, o intelectual; Pedro, o compreensivo; Pedro, o gélido Pedro! Você tem noção da notícia que acabou de me dar? Tudo parece muito simples pra você, né? Eu, o Renato, a Laura, todo mundo é um joguete nas suas mãos! Eu amo minha filha! E não há a menor hipótese de aceitar viver longe dela, de ela ser criada por outro homem! — concluiu e desatou a chorar em seguida.

O telefone tocou perto de Pedro.

— Quem será a uma hora dessas? — indagou-se Laura enquanto caminhava em direção ao aparelho para atendê-lo.

Num gesto mecânico, Pedro atendeu.

A notícia que ouviu foi ainda pior do que aquela que ele havia acabado de receber. Ele desligou o telefone. Estava completamente deslocado do tempo e do espaço. Tudo aquilo parecia um pesadelo. Queria acordar e voltar para sua vida quase perfeita de pai, marido e profissional exemplar.

— O que foi, Pedro? Quem era a uma hora dessas?

— Cláudia, eu acho melhor você se sentar.

— Aconteceu alguma coisa? O que foi? Aconteceu alguma coisa com meus pais?

Pedro fez que sim com a cabeça. Não conseguia se expressar além desse gesto afirmativo. Respirou fundo, mas não demorou muito para dar a pior notícia que Cláudia receberia em sua vida:

— Seus pais. Eles morreram.

Perder os pais num trágico acidente de carro é um baque que nenhum ser humano espera sofrer. Não foi diferente com Cláudia. O luto de enterrar dona Célia e seu Antônio ao mesmo tempo foi indescritível. A vida parecia um jogo de tabuleiro macabro. Bem no momento em que ela havia decidido avançar algumas casas, revelando sua dúvida tormentosa a Pedro, os dados foram lançados e a fizeram retroceder e ficar estagnada, ensimesmada, na mais profunda e dilacerante dor.

Cláudia demorou para voltar a sentir algum tipo de encantamento pela vida. Tudo ao redor parecia absurdamente cinza. Foram meses da mais absoluta tristeza, fazendo basicamente o que os cuidados com Laura exigiam. Pedro esteve ao seu lado o tempo todo. Se por um lado ele parecia inabalável como uma rocha, por outro era tão quebradiço como uma onda que termina seu percurso na areia. A revelação que Cláudia havia feito pouco antes da notícia da morte dos pais ainda ecoava na sua cabeça. Ele queria acreditar que tudo aquilo era fruto de uma alucinação e continuar sua vida como se não tivesse ouvido aquela notícia. Mas sabia que não era possível. E, por isso, esperou até uma manhã de novembro, um sábado, quando Cláudia levantou-se da cama antes dele, abriu as cortinas, preparou o café e regou as plantas. Era um sinal de que a vida voltava a aprumar-se.

Enquanto esperava as torradas saírem do forno, Pedro sentou-se à mesa do café e abriu um jornal. Cláudia pôs para tocar o último CD da Legião Urbana, *O Descobrimento do Brasil*, e deixou a poesia de Renato Russo ecoar pela casa: "Desenho toda a calçada/ acaba o giz tem tijolo de construção/ eu rabisco o sol que a chuva apagou."

Era um ótimo sinal. Havia muito tempo não se ouvia música naquela casa. Pedro decidiu que era o momento de retomar o assunto abruptamente interrompido meses atrás. Enquanto lavava a louça do café, disse, num tom descompromissado:

— Cláudia, sobre a Laura...

Cláudia, que estava jogada no sofá da sala, tirando as cutículas das unhas dos pés, olhou com firmeza para Pedro, que foi chegando perto e sentou-se ao lado dela.

— O que tem a Laura? — perguntou Cláudia.

— Eu quero dizer que você não precisa se questionar sobre a paternidade dela. A Laura é minha filha.

— Pedro, isso não tá certo.

— E o que é que tá certo? A gente descobrir que um cara que nem sabia da existência dela até pouco tempo atrás é o verdadeiro pai?

— A culpa de tudo isso é minha. Eu preciso resolver isso. Ainda dá tempo. A Laura ainda é um bebê.

— E se o Renato for o pai? O que é que vai acontecer?

— Nada. Vai continuar tudo como está. Mas eu acho que...

— Então, se vai continuar tudo como está, nós não precisamos fazer nada. Independentemente do que acontecer, eu já sou o pai da Laura, e você não tem o direito de me tirar isso. Você e a Laura são tudo que eu tenho.

Pedro deu por encerrado o assunto. Queria colocar uma pá de cal sobre a questão. Sua vida de sonhos transformara-se num castelo de areia prestes a desmoronar, mas ele faria o que fosse possível para mantê-lo de pé. Desse modo, foi com espanto que recebeu a notícia que Cláudia lhe deu no final daquele mês. Ela havia recebido um dinheiro considerável, entre vendas de imóveis e aplicações, herdado dos pais.

— Viajar? — perguntou Pedro.

— Sim. Viajar — respondeu Cláudia.

— Eu acho que é uma ótima ideia. Eu só preciso de um tempo para me programar, colocar alguém de confiança na escola. Vai ser lindo, eu, você e a Laurinha...

— Pedro, você não entendeu. Eu quero viajar sozinha. Três meses. Mochilão pela Europa, pela Ásia. Sei lá, eu tenho vontade de conhecer o Vietnã, a Tailândia...

— E a Laura? Quem vai cuidar da nossa filha?

— Você.

— Você quer se separar, é isso?

— Não, Pedro. Eu quero me encontrar. Botar as coisas em ordem dentro da minha cabeça, do meu coração. Mas eu só posso fazer isso se você segurar a onda.

— Três meses sem ver sua filha? Você não acha...

— Você é um ótimo pai. Eu preciso desse tempo. Vai ser melhor pra mim, pra você e pra Laura.

Pedro não sabia o que responder. De certo modo, Cláudia já não estava presente havia tempos. Com a morte dos pais dela, a situação só se agravou. Sempre soube que se casara com uma mulher incomum, diferente de todas as outras que havia conhecido em Santa Rita. Por isso, a escolhera e lutara tanto para ficar ao lado dela. Porque ela era essa alma atormentada, inquieta, que lhe trazia reflexões, às vezes, amargas, às dez horas da manhã. Sabia que Cláudia, tal qual as heroínas que mais admirava nos romances que tanto lia, era indomável, incauta e não se deixava prender pelas correntes de uma vida pacata.

Por isso, dizer sim ou não seria indiferente. Feito um cavalo selvagem, Cláudia partiria sem rumo pelos próximos meses. A Pedro cabia escolher se Laura seguiria com ela nessa aventura desconhecida, acordando a cada semana num lugar diferente, e por vezes hostil, ou se ficaria ali em Santa Rita sob seus cuidados, com a ajuda da babá que ele já havia contratado.

— Você tem razão — disse Pedro. — Siga seu caminho. Mas saiba que eu vou ficar te esperando. Sempre.

— Eu sei — respondeu Cláudia, dando-lhe um beijo e mal conseguindo disfarçar sua excitação com os preparativos da viagem.

*Like the legend of the phoenix*
*All ends with beginnings*
*What keeps the planet spinning*
*The force from the beginning*
Daft Punk

# 17

Quando Laura e Júnior se encararam, um filme surgiu na cabeça dos dois. O dia do acidente que fez com que se odiassem à primeira vista, o reencontro inesperado que desencadeou numa discussão na praia de Mar Bella, o primeiro beijo no Razzmatazz Club, a conversa que varou a madrugada na cervejaria Catalana, a primeira noite de amor no hotel enquanto o sol nascente invadia o quarto. Laura se lembrava até do que Júnior havia escrito no bilhete: "Você foi a melhor coisa que me aconteceu em muito tempo." De algum modo, ela sabia que ele estava sendo sincero. Mas por que tinha sumido sem deixar pistas? Passara tanto tempo esperando por respostas e agora parecia que todo esse mistério estava perto do fim. Júnior estava ali, na sua frente, casando-se com uma mulher que era exatamente o oposto dela.

— Minha filha, você está bem? — perguntou Cláudia.

— Mamãe, se o Beto estivesse aqui, ele diria que eu estou pêssega. Mas sigamos... Vamos nos sentar logo porque todo mundo tá olhando pra gente.

Laura, Cláudia e Pedro se sentaram num espaço vago num dos bancos. Heleninha e Júnior viraram-se novamente para o padre, que prosseguiu com todos os dizeres de praxe, na alegria e na tristeza, na saúde e na doença, na pobreza e na riqueza. Quando o padre disse "se alguém aqui souber algo que impeça esse casamento, fale agora ou se cale para sempre", Laura pensou em quão dramática era uma cerimônia de casamento! "Se alguém souber algo que impeça o casamento daqui a dois minutos não poderá falar nada porque já se calou pra sempre?", perguntou-se.

De repente, sua visão começou a nublar e tudo à sua frente ficou turvo. Cláudia, percebendo o estado da filha, perguntou:

— Minha filha, tá tudo bem? Você tá pálida!

— Tudo, mamãe. É só uma queda de pressão. Eu vou tomar um ar lá fora — disse Laura, levantando-se.

No caminho para a saída, Laura viu seus sentidos degringolarem de vez. O que antes era claridade virou penumbra. Ela se agarrou numa enorme escultura de um serafim, em estilo barroco, derrubando-a imediatamente e fazendo com que um barulho estarrecedor ecoasse pelos quatro cantos do salão. E assim ela ficou: estatelada no chão, com os olhos semicerrados, num estado de catatonia. A cerimônia foi interrompida; os noivos pareciam tensíssimos. Heleninha desceu às pressas do altar e foi ao encontro de Laura, caída no chão. Cláudia e Pedro também foram ao encontro da filha.

— Laura, você tá se sentindo bem? O que aconteceu? — perguntou Heleninha.

— Minha filha, o que está acontecendo? — repetiu Cláudia.

Alguns convidados se juntaram em volta. No altar, Júnior afrouxou a gravata.

— Não é nada, gente! Acho que foi só uma queda de pressão! Heleninha, me desculpe por atrapalhar a cerimônia. Volta pro altar. Eu só vou tomar um ar e já melhoro.

— De maneira alguma! — replicou Heleninha. — Como eu posso continuar a cerimônia sabendo que você tá nesse estado?

— Foi só um mal-estar. Acredite em mim, eu tô bem. Não quero estragar um dia tão importante pra você.

Dito isso, Laura saiu do salão, acompanhada pelos pais. Heleninha subiu novamente ao altar. Passados alguns breves minutos, Laura conseguiu se acalmar. O clima era agradável, e, enquanto observava as folhas das árvores que balançavam ao sabor do vento, pensou em como o destino é irônico. Havia procurado Júnior feito uma louca por Barcelona e corrido atrás dele em Amsterdã, mas ali, em Santa Rita, a cidade onde nasceu e onde nunca procuraria por ele, ela o encontrou.

Sentada próxima a um pé de fruta que ela não sabia muito bem de que era – apesar de nativa, sua alma urbana nunca prestou muita atenção na vegetação local –, mas parecia ser uma mangueira, Laura não conseguia ouvir nada além de um cavernoso silêncio. Será que a cerimônia já havia chegado ao fim? Será que os noivos já haviam se beijado? Será que ela deveria ter gritado que sabia algo que impediria aquele casamento? Mas ela realmente sabia algo que impediria aquele casamento?

Ouviu um burburinho. Parecia que o noivo já havia beijado a noiva. Todos os convidados estavam animados. Pouco tempo depois, começaram a sair do salão. Os noivos saíram. Estavam felizes, ou, pelo menos, pareciam felizes. Heleninha estava esfuziante, mas aquele era o estado natural dela. Algumas pessoas formaram uma fila lateral e jogaram grãos de arroz nos noivos quando eles passaram rapidamente, de mãos dadas, e entraram no carro rumo à festa.

Toda a nata da sociedade de Santa Rita do Pinhal e arredores estava presente no salão de festas do clube Iásbeck. Em muito pouco tempo, Laura tocaria para toda aquela gente. Mal entrou no local, foi sequestrada por Heleninha, que a arrastou para um canto.

— Laura! Como é que você tá? Tá melhor? — perguntou ela, preocupada.

— Desculpa, Heleninha — respondeu Laura. — Eu não deveria ter ido à cerimônia. É que eu sempre fico muito emocionada em casamentos. E quando isso acontece tenho essa ridícula queda de pressão.

— Tudo bem, hahahahaha! — disse Heleninha, emendando numa risada estrondosa. — Você ficou emocionada, né? Poxa... Tô até arrepiada, olha só. Vem cá, deixa eu te apresentar o Carlinhos.

Heleninha puxou Laura e colocou-a na frente de Júnior.

— Bebê, gostou da surpresa? — disse Heleninha, referindo-se à Laura.

— Surpresa? — perguntou Laura, encucada.

— Sim, surpresa. O Carlinhos não sabia que você ia tocar no casamento. Foi uma surpresa que fiz pra ele. Aliás, pouquíssimas pessoas sabem que você vai tocar hoje. Eu queria que sua presença tivesse o impacto de um furacão, hahaha!

— Prazer, Car...li...nhos — disse Laura, estendendo a mão.

— Prazer — respondeu Júnior, cabisbaixo.

Nesse momento, os pais de Heleninha a chamaram para cumprimentar uma tia que havia vindo de longe. Heleninha enfiou uns canapés na boca e saiu afoita.

— Carlinhos. Então é esse o seu nome? — perguntou Laura.

— Sim. Carlos de Almeida Melo Júnior — respondeu Júnior.

— Juro que por essa eu não esperava. Você sabe que eu te procurei? Descobri o hotel em que você tava hospedado em Barcelona e fui atrás de você. E você também foi atrás de mim. Eu tenho certeza que te vi na Exit em Amsterdã. Por quê?

— Laura, eu não quero que você fique magoada comigo. Fui pra Europa de maneira superdespretensiosa. Tinha uma semaninha de folga no trabalho e umas milhas acumuladas.

Fui pra relaxar a cabeça, respirar um pouco de civilização. E acabei te reencontrando. Eu nunca ia imaginar que aquela maluca do trânsito seria uma mulher tão amável. Eu não resisti, mas, juro, não tinha a menor ideia de que você era daqui. Eu e a Heleninha fizemos faculdade juntos em São Paulo, e só agora tô conhecendo um pouco melhor a cidade. Eu só quero que você saiba que tudo que eu disse e vivi com você foi sincero.

— Você é louco!

— É sério. Vamos sair daqui. Tem muita gente olhando. Não vai dar pra conversar aqui.

Laura e Júnior saíram do salão e andaram até um anexo ao lado, que era mais reservado.

— Como eu disse, fui pra Europa pra descansar um pouco da rotina — continuou Júnior. — Mal pude acreditar quando a gente se reencontrou na praia! A mina pirada que tinha batido no meu carro estava ali do meu lado! Agi por impulso e fui grosso. Mas, quando vi a burrada que fiz, tentei me redimir no Razzmatazz. Sim, eu sabia que você ia tocar lá. Eu escutei você e o Beto falando sobre sua discotecagem. Então, a gente se beijou e foi lindo. Nem consegui acreditar que tava beijando uma mulher linda como você. Pra mim, você é uma deusa, uma dessas mulheres que a gente coloca num altar e fica idolatrando. Só que quando a gente saiu, eu vi que você era humana, acessível. E que tava na minha.

— E aí, quando você descobriu tudo isso, resolveu pirar e sumir. Na boa, você deve ser doido.

— Eu quis te ver uma última vez. Por isso fui pra Amsterdã. Mas eu já tava noivo da Heleninha. Não é tão simples assim largar tudo.

— Largar o quê? Uma vida provinciana ao lado da filha do prefeito da cidade? Carro importado, casa na praia, viagem uma vez por ano pro exterior... Engraçado eu tá te falando isso... Sabia que ontem tive um sonho? Sonhei que tudo dava errado na minha vida, que, de uma hora pra outra, eu parava de fazer sucesso, as pistas ficavam vazias, e eu voltava pro interior. À noite, eu lavava a louça do jantar com minhas lágrimas.

— A vida no interior pode ser boa.

— Eu não tô dizendo que não.

— Você e a Heleninha são muito diferentes. Eu não me sinto desafiado quando estou com ela.

— E comigo você se sente?

— O tempo todo.

— E isso te fez não querer ficar comigo. Não sei como perdi tanto tempo pensando em você — concluiu Laura antes de voltar para o salão.

Júnior pegou-a pelo braço e virou-a. Os dois se olharam. Frente a frente. Corpos colados. Respirações ofegantes. Beijaram-se. Um beijo que inebriou tudo em volta e fez com que esquecessem completamente o perigo que os cercava, mas não por muito tempo, pois Laura se afastou e caminhou novamente em direção ao salão. Então, virou-se para Júnior e disse:

— Você é tão filho da mãe que ainda beija maravilhosamente bem!

Laura e Júnior se olharam e se beijaram mais uma vez. Um frisson contagiante tomou conta dos dois, que ficariam eternamente entregues àquela sensação se não tivessem sido abruptamente interrompidos por Heleninha, que abriu a porta e quase teve uma síncope com a cena que se desenrolava diante de seus olhos estupefatos.

— Que palhaçada é essa? — gritou Heleninha, histérica.

Laura e Júnior, surpreendidos, se deram conta de que algo muito grave acabara de acontecer. Ninguém consegue fugir do trem do destino, muito menos quando ele descarrilha e parte rumo ao nada.

*Things haven't been the same*
*Since you came into my life*
*You found a way to touch my soul*
*And I'm never, ever, gonna let it go*
Madonna

# 18

Em 1995, viajar sozinha pela Europa aos 27 anos era uma sensação que poucas garotas conheciam. Cláudia sabia que viver aquela experiência era um privilégio, principalmente porque ela já não era tão nova assim. Tinha deixado no Brasil um lar, um marido e uma filha. Um marido que estava cuidando da sua filha.

Sua sensação durante aqueles meses foi basicamente ter o mundo inteiro à sua frente para ser explorado e uma âncora que a mantinha conectada ao outro lado do Atlântico, o que não fez com que ela deixasse de aproveitar cada segundo daquela viagem.

Ela começou por Lisboa. Achou que, pela familiaridade com a língua, o impacto causado por outra cultura seria mais ameno. E foi realmente o que aconteceu. Amou Portugal e os portugueses. Prolongou sua estadia pelo interior do país, visitando mosteiros e castelos, provou o autêntico vinho do Porto e conheceu o processo de fabricação da bebida, pisando e dançando sobre o espesso sumo das uvas numa quinta. Em Londres, deu vazão ao seu lado gótico, conhecendo pubs e inferninhos. Na Itália, apaixonou-se pelos gelatos a ponto de, numa noite, ir parar num hospital por causa de uma disenteria. E quando passou pela Fontana di Trevi não se fez de rogada. Tal qual Anita Ekberg em *La Dolce Vita*, entrou na fonte e arrancou aplausos dos turistas que passavam por ali. E assim foi por onde passou – França, Espanha, Escócia, Bélgica, Suécia, Holanda –, vivendo cada momento como se fosse o único.

Parecia que o destino conspirava para que cada momento fosse extraordinariamente inspirador. Por uma estranha sorte do acaso, Cláudia escolheu como último e derradeiro destino de sua viagem a cidade suíça de Montreux. Ela já tinha ouvido falar de seu famoso festival de jazz, mas mal pôde acreditar quando soube que a banda que tocaria naquele dia era brasileira e não tinha nada – ou quase nada – a ver com o som criado pelas comunidades negras de Nova Orleans. Foi ao delírio quando ouviu os versos "no caminho é que se vê/ a praia melhor pra ficar/ tenho a hora certa pra beber/ uma cerveja antes do almoço é muito bom pra ficar pensando melhor". Eram os caras da Nação Zumbi! O público presente ficou em polvorosa com aquele som que era uma mistura de rock, forró e maracatu. Um som único e original que fez com que Cláudia sentisse um enorme orgulho de ser brasileira, além de uma saudade aterradora de casa. Durante todo o show, ela dançou enlouquecidamente.

Após o término do espetáculo, ainda em êxtase, decidiu sair do bar onde havia parado para tomar uma cerveja e pegar o caminho de volta para o hotel. Uma tempestade se armava, relâmpagos soavam, uma, duas vezes. Pensou em apressar o passo, mas o temporal a pegou no meio do caminho. Então, ela abandonou-se e, de braços abertos e cabeça erguida, recebeu cada gota vital daquela chuva abençoada. E dançou num *cheek to cheek* com a água que escorria por seu corpo e deixava-a encharcada. Festejou a liberdade de ser uma completa e desconhecida forasteira num lugar distante. Não sentiu medo. Sentiu amor. Um completo e irrestrito amor por si própria.

A chuva cessou por completo. Quando estava prestes a entrar no hotel, Cláudia passou por um homem tocando violão, com uma criança ao lado. Não deu muita atenção. Havia passado por tantos artistas de rua na Europa! Mas aquela melodia doce, os primeiros acordes do violão e o assobio melancólico e poético que introduziam a canção a fizeram parar. Era seu último dia de viagem. Iria aproveitar até o último segundo. Se preciso fosse, ela iria virada para o aeroporto e passaria no hotel só para fazer o *check-out* e pegar as malas.

Inebriada pelos primeiros acordes do violão, parou para ouvir aquela melodia familiar. Quando a voz entoou os primeiros versos, cantando "Você disse que não sabe se não/ Mas também não tem certeza que sim/ Quer saber?/ Quando é assim, deixa vir do coração/ Você sabe que eu só penso em você/ Você diz que vive pensando em mim/ Pode ser, se é assim/ Você tem que largar a mão do não/ Soltar essa louca, arder de paixão/ Não há como doer pra decidir/ Só dizer sim ou não/ Mas você adora um se", ela teve certeza de que era um recado direto para ela, um tiro no seu peito. Olhou para trás e viu, sentado no banco da praça, a dedilhar o violão, Pedro, tomado pela canção, a voz já embargada e os olhos marejados d'água a lhe admirar. Do seu lado, Laura, uma linda garotinha de quatro anos, agasalhada com um casaco de lã felpuda, luvas e gorro.

Cláudia ficou completamente maravilhada com a cena que se desdobrava diante de seus olhos. Parecia uma miragem. A âncora havia atravessado o Atlântico. Correu ao encontro da filha e pegou-a no colo, apertou-a tanto que, por instantes, pensou que poderia sufocá-la. Logo em seguida, pôs Laura no chão e abraçou Pedro, que deixou o violão no chão. A pequena multidão em volta, que acompanhava o artista de rua, ficou enternecida com aquela cena que parecia ser a mais pura expressão de um amor genuíno.

— O que é que você tá fazendo aqui, seu maluco? — perguntou Cláudia.

— Vim te levar de volta pra casa. Quer dizer, se for isso que você quer.

Em outros tempos, Cláudia poderia ter ficado em dúvida, mas ao longo dos três meses viajando sem direção tinha feito algumas reflexões acerca de si mesma e da vida que queria levar. Era uma mulher livre, dona do próprio nariz, e ser casada com Pedro não diminuía essa condição. Pelo contrário. Ao lado dele, tinha autonomia para decidir o que quer que fosse. Pedro, doce e sombrio, sereno e forte, artístico e empreendedor, sensível e pragmático. Ela não podia ter feito escolha melhor. Não titubeou.

— Quero. Para sempre.

Enquanto embarcavam para o Brasil, Cláudia pensou na sua viagem, na vida nômade que havia levado na Europa, e chegou à conclusão de que poucas coisas na sua existência tinham valido tanto a pena. Viajar, expandir a mente, a consciência, e ter liberdade de expressão seriam seus lemas dali em diante, mas agora com Pedro ao seu lado porque ele era seu ninho, um porto seguro que sabia que os que têm asas precisam voar.

*I'll just keep playing back*
*These fragments of time*
*Everywhere I go*
*This moment'll shine*
Daft Punk

# 19

— Calma, Heleninha! Eu posso explicar! — disse Júnior. Havia ouvido tanto essas frases em filmes e novelas que achou que poderiam funcionar, mas se esquecia de que nunca funcionaram. Nem nos filmes. Nem nas novelas. Nem na vida real.

— Claro! — respondeu Heleninha, com sangue nos olhos. — Você deve ter uma ótima explicação para o que eu acabei de ver! Deve ser ilusão de ótica! Meu noivo e uma pessoa que até então eu achava que era uma amiga se beijando no dia do meu casamento!

— Heleninha, não precisa se preocupar. Eu e o Júnior não temos nada — disse Laura, ponderada.

— Ah, claro! Vocês só tavam se pegando numa boa no dia do meu casamento! — bradou Heleninha, histérica.

— É uma história complicada, mas pede pro seu marido te explicar depois porque eu tô indo nessa — concluiu Laura.

— Indo pra onde? — inquiriu Heleninha.

— Sei lá. Pra casa dos meus pais e depois #partiumundo.

— E vai embora assim, sem tocar?

— O quê? — perguntou Laura, estupefata.

— Meu amor, hoje é o dia mais importante da minha vida e nada vai mudar isso. Você bem que tentou estragá-lo na igreja, mas não conseguiu. Agora a gente vai até o fim. Eu acabei de alardear no salão que a grande e renomada DJ internacional Laura Loyola Diniz vai tocar na festa. Você só sai daqui quando todos os convidados tiverem recebido seus bem-casados e a festa acabado! — gritou Heleninha.

— Me amarrota que eu tô passada! Gata, você acabou de me pegar aos beijos com seu noivo e quer que eu continue na festa?

— Com ele eu me entendo depois, — respondeu, curta e incisiva, Heleninha.

— Heleninha... — interveio Júnior. — Você não tá legal. Vou pegar alguma coisa pra você beber... Não fica nada bem a Laura continuar na festa depois...

— A Laura fica — reagiu Heleninha, transtornada. — Tem mais de um ano que eu tô planejando essa festa. Se algumas coisas não saíram do jeito que eu queria, paciência. Imprevistos acontecem.

— Você tá chamando de imprevisto pegar seu noivo aos beijos com outra? — indagou Laura.

— Os homens são assim mesmo. Não podem ver um rabo de saia que logo se assanham. Ainda mais quando a mulher se dá ao desfrute.

— Peraí! Então a culpa é minha? Certas coisas parecem que não mudam nunca. Mas eu é que não vou ficar aqui pra compactuar com isso — disse Laura, irrompendo pela porta do salão.

Heleninha foi atrás de Laura. Júnior foi atrás de Heleninha. Os três surgiram desembestados pelo meio do salão.

— Lauraaaaa! Lauraaaa! Você vai ficar! — gritava Heleninha, destemperada, enquanto todos em volta se viraram para ver o tumulto. A mãe de Heleninha, envergonhada, foi até ela.

— Minha filha, o que é que está acontecendo?

Laura lançou um olhar enfurecido para Heleninha e partiu determinada para a saída do clube.

— Ah, você não vai ficar?

Neste momento, Heleninha subiu correndo ao palco e pegou o microfone.

— Senhoras e senhores — começou a dizer num tom de voz espetaculoso. Laura se deteve e olhou para os pais, que estavam apreensivos.

— Essa mulher que está aqui entre nós, a ilustre cidadã de Santa Rita do Pinhal Laura Loyola Diniz, que conquistou todos os holofotes internacionais, matéria de página inteira na *Billboard*, pois bem, essa mulher não passa de uma vagabunda que tava se atracando com meu noivo poucos minutos atrás!

Laura ficou imóvel. Todos os convidados estavam pasmos, cochichavam ou riam. Achando que o mais certo a fazer era seguir seu rumo e ir embora dali de cabeça erguida, Laura começou a aplaudir Heleninha, uma sonora e intensa salva de palmas à doidivanas que estava no palco.

— Pronto. Agora que já acabou o teatrinho, eu posso me retirar — disse Laura, virando-se e dirigindo-se mais uma vez à saída do clube.

Quando estava de costas, Laura ouviu outra voz soar ao microfone. Uma voz masculina.

— Espera!

Laura virou-se. Era Júnior quem tinha o microfone nas mãos. Do palco, ele olhava enternecido para Laura.

— Senhoras e senhores, eu quero dizer que essa história está muito mal contada — começou Júnior. — Não havia nenhuma vagabunda se atracando comigo. Havia uma mulher linda sendo beijada por mim. Fui eu que beijei ela. Beijei porque não resisti. Beijei porque desde que vi essa mulher pela primeira vez alguma coisa na minha vida mudou. Como se meu encontro com ela fosse um *start* pra uma nova vida.

— Carlinhos, o que é que você tá fazendo? — perguntou Heleninha, envergonhada.

— Heleninha, fica na sua. Você quis ver o circo pegar fogo, mas esqueceu que tava dentro dele — disse Júnior. Novamente, virou-se para a plateia. — Essa mulher, senhoras e senhores, foi responsável pelos momentos mais felizes da minha vida. Ao lado dela, eu conheci algo realmente mágico, algo que talvez poucas pessoas tenham conhecido na vida, por falta de sorte ou de coragem. Eu soube o que é amar e ser amado em retribuição. Foi nos olhos dela que vislumbrei meu futuro, mas, infelizmente, não tive coragem de seguir adiante, por acomodação ou sei lá por quê. É difícil ficar ao lado dos que brilham quando não se quer brilhar também. E eu sempre fui acostumado a ser aquele cara discreto, que passa despercebido. Os holofotes sempre me cegaram. Mas hoje eu sei que você é minha chance, Laura. Minha chance de arriscar, de me atirar no escuro. Fica comigo. Por favor, me conceda esse privilégio.

— Você só pode tá doido, Carlinhos — disse Heleninha, desconsolada. — A gente acabou de se casar.

— Eu aprendi com a Laura que a vida é muito curta pra fazermos dela uma mentira, Heleninha. Eu não posso levar isso adiante — disse Júnior, arrancando a aliança do dedo e deixando-a num canto qualquer.

No meio do salão, Laura olhava para Júnior. Estava completamente arrebatada pelo que acabara de ouvir, mas, no seu íntimo, sabia que alguma coisa estava fora de compasso. Não eram o lugar nem o momento ideal para ter ouvido tudo aquilo. Estava numa festa de casamento que tinha sido esfacelada, e ela era uma das responsáveis por aquilo. Queria correr ao encontro de Júnior; os dois se encontrariam no meio do salão, ele a giraria no ar, e os dois se beijariam no final, sendo aplaudidos por todos, mas isso não passava de uma maluquice da sua cabeça. Saiu dali correndo. Júnior foi atrás dela.

No meio da rua, ele conseguiu alcançá-la.

— Laura, espera! — pediu Júnior, segurando-a pelo braço. — Você vai embora assim, sem me dizer nada?

— O que é que você quer que eu diga, Júnior?

— Sei lá... Qualquer coisa... O que você estiver sentindo...

— Eu não sei o que tô sentindo. Tô confusa.

— Tudo bem que eu fui um mané com você, mas tudo o que eu disse naquele salão veio do coração. Eu quero ficar com você. Hoje, amanhã, depois de amanhã, dias, meses, anos, séculos, milênios.

— Eu não sei se quero ficar com um cara covarde, machista e conservador.

— Do que é que você tá falando?

— Júnior, se você é o noivo da Heleninha, foi você quem arrancou ela da despedida de solteira, jogando-a em cima dos ombros como se fosse um homem das cavernas! Eu não quero um cara assim do meu lado!

— Eu errei com a Heleninha! Eu errei com você! Eu errei muitas vezes! Mas eu quero acertar dessa vez! Quero que me dê uma chance!

— E você me diz isso no dia do seu casamento? Você acha que é certo o que tá fazendo com essa garota? Ela pode ser meio doidinha, mas vocês tinham planos juntos. Como é que você joga tudo isso pro alto? Como é que eu sei que você não vai fazer a mesma coisa comigo?

— Você sabe porque tá olhando nos meus olhos. E duvido que você já tenha visto no olhar de alguém amor maior do que tá vendo agora.

Laura estremeceu.

— Eu preciso pensar. Preciso ir agora — disse ela, afoita, desvencilhando-se de Júnior enquanto enxugava as lágrimas que não paravam de cair.

Estava tudo certo para a partida de Laura. De malas prontas, bastava colocá-las no bagageiro do carro e pegar a estrada rumo à capital. De lá, táxi até Guarulhos e... Joanesburgo! Mas, quando ela passou pela sala, três semblantes igualmente tensos a encaravam: Cláudia, Pedro e Renato estavam sentados no sofá, à espera de uma única palavrinha de três letras.

Para eles, bastava que Laura dissesse sim para que eles fizessem o exame de DNA e tirassem de vez a dúvida que vinha corroendo suas vidas havia algum tempo.

— E então, minha filha? — perguntou Cláudia.

— Bem... Acho que não tem como adiar mais, né? E, aconteça o que acontecer, quero dizer que a vida continua. Independentemente do resultado desse exame, vou continuar te amando como sempre te amei, pai — disse Laura, olhando para Pedro. — Renato, você é um cara muito bacana e...

Laura não conseguiu concluir a frase. Foi interrompida por Cláudia:

— Você tá dizendo que topa fazer o exame, é isso?

— É isso, mãe! O que é que tenho que fazer? Vou até um laboratório para coletar sangue...

— Não precisa! — apressou-se Cláudia. — O resultado já tá aqui nas minhas mãos.

— Como assim? — Todos estavam espantados.

— Filha, não fica brava comigo — disse Cláudia. — Eu só adiantei o processo. Peguei um fio de cabelo seu. O Pedro e o Renato já tinham doado material pro exame. É claro que eu nunca iria abrir o exame sem seu consentimento, mas agora...

— Você não muda, né, Cláudia? — comentou Pedro, brincando.

— Mamãe, quando é que você vai tomar jeito? O que você tá me dizendo é que esse exame já foi feito e que o resultado está dentro desse envelope?

— Er... Filha, desculpa, mas é que...

— Abre logo o exame — disse Renato, afoito. — Quer dizer, se todos concordarem. O exame já tá feito. O próximo passo é revelar o resultado, né?

— Todos estão de acordo? — perguntou Cláudia.

Sim, finalmente aqueles quatro pareciam estar em sintonia. Saber o resultado do exame era um consenso.

As mãos de Cláudia tremiam ao abrir o envelope. Ela já tinha o resultado daquele exame havia alguns dias. Um segredo mantido por 25 anos prestes a ser revelado. Aquela informação mudaria alguma coisa? Muito provavelmente, não. A vida seguiria seu curso. Pedro ou Renato, tanto fazia àquela altura do campeonato. Laura já era uma mulher, com o destino traçado e laços de afeto estabelecidos, mas talvez pesasse em

Cláudia a culpa de ter privado Renato do convívio com uma filha legítima. Talvez pesasse a decepção nos olhos de Pedro ao saber que aquela menina que ele criou com o maior amor do mundo não carregava sua marca.

Por tudo isso, mesmo tendo recebido o resultado do exame dias antes, Cláudia não teve peito para abri-lo sozinha. Pelo menos naquele momento crucial era imprescindível que todos os diretamente afetados estivessem presentes. Seria seu grande ato de absolvição.

Cláudia leu o resultado. Passou os olhos pelo nome do pai de Laura. Uma. Duas. Três vezes. Queria ter certeza absoluta antes de proferir o veredicto final.

— E então? — perguntou Laura.

— Renato, você é um cara espetacular — disse Cláudia. — Todo mundo aqui sabe como você foi importante pra mim, pro Pedro. Eu aprendi muita coisa com você. E até hoje tenho que te agradecer por ter ensinado violão tão bem pro Pedro, hahaha... Sem isso, eu não teria vivido uma das cenas mais lindas da minha vida naquela tarde em Montreux. O que eu quero dizer, e o que acho que também a Laura e o Pedro querem dizer, é que as portas dessa casa sempre vão estar abertas pra você, mesmo não sendo o pai da Laura.

Nesse momento, Pedro, que mantinha a respiração suspensa, segurou a mão de Laura com força e disse:

— Cláudia, o que você tá dizendo então é...

— Parabéns, Pedro! Você é papai pela segunda vez.

Pedro e Laura mal conseguiram disfarçar a alegria que sentiram. Abraçaram-se com ternura, comovidos. Renato carregava um desapontamento latente no olhar, mas sabia que logo se aprumaria. A vida é boa, ele sabia disso. Além do mais, não podia perder o que nunca tinha pertencido a ele. Laura sempre fora filha de Pedro.

— Bem, é hora de pegar a estrada. Mais uma vez — disse Renato.

— Você tá indo pra onde? — perguntou Laura.

— Pra São Paulo. De lá, encontro a banda e vamos fazer um show numa boate.

— Tá de carro?

— Nada. Vou de ônibus.

— Eu tô indo pra São Paulo. Posso te dar uma carona.

E assim rumaram, Laura e Renato, para São Paulo. A viagem era curta, coisa de duas horas, duas horas e meia, no máximo, mas conversaram sobre tudo. Era incrível a afinidade que existia entre eles. Renato não estava saindo dessa empreitada com as mãos vazias. Havia ganhado uma nova e inquieta amiga.

Assim que pisou em São Paulo, Laura ligou para Beto.

— *Honey*, onde é que você tá? Tô morrendo de saudade! Não esquece do nosso voo, hein? Você não quer vir aqui pra casa, pra gente ir pra Guarulhos?

— Não vai dar, bebê. Eu tenho um probleminha pra resolver. Mas me espera no aeroporto porque eu não perco essa viagem por nada.

— Que probleminha, Beto? Por que não viu isso antes?

— Porque há coisas que têm dia e hora certos pra acontecer. Ou você não tá sabendo que hoje é a estreia como apresentadora da maior víbora do Brasil, Zuleika Vieira?

— Beto, o que é que você tá pensando em fazer? Não vai...

Beto desligou o telefone antes que Laura concluísse a frase. Sabia que a amiga iria botar panos quentes nas suas artimanhas e não queria que nada no mundo o demovesse de seus planos para aquele dia.

Era um domingo de temperaturas escaldantes. Os termômetros da cidade de São Paulo marcavam insuportáveis 34 graus. Vinte e dois de dezembro. Início do verão. Do alto do seu conjugado na rua Vieira de Carvalho, Zuleika Vieira sabia que as estações do ano não eram mais tão delimitadas pelo calendário. Sabia porque tinha passado boa parte da sua vida, exatos vinte e dois anos, oito meses e dezessete dias, como moça do tempo. Uma vida inteira tendo que repetir a mesma lenga-lenga de clima chuvoso, temperaturas amenas, máxima de trinta, mínima de vinte e dois. Não aguentava mais!

Mas, como era uma mulher escolada, aguentara firme cada dia em que acordara sem ânimo para dizer uma palavra que fosse e sempre aparecera sorridente na casa dos telespectadores para dar boas notícias ou contar sobre as intempéries climáticas. O tempo havia sido cruel com ela. Envelhecera diante do público, que não costuma aceitar a decadência da idade nas personalidades da TV. Foi assim com sua malsucedida aplicação de botox. Foi assim quando a emissora começou a receber uma enxurrada de reclamações que diziam que a moça do tempo já não era mais moça. Zuleika aguentou firme. É óbvio que houve uma puxada de tapete aqui, outra ali, nos bastidores. Mas, enfim, ela havia conseguido. E hoje era seu grande dia. O dia em que, enfim, iria estrear como âncora do programa de variedades dominical. Tudo bem que a princípio era para substituir a âncora oficial, que havia saído de férias, mas Zuleika acreditava que iria longe com seu carisma. Sabia fazer do limão uma limonada. Além do mais, seu salário havia dado um salto. Estava até pesquisando o preço de algumas coberturas no Itaim Bibi.

Faltavam exatos dois minutos para Zuleika entrar ao vivo no ar. Um assistente de palco se aproximou e entregou-lhe uma ficha. Ao ler o papel, Zuleika teve um susto.

— Você tem certeza de que o primeiro entrevistado é esse? Absoluta? Como é que mudaram a atração assim em cima da hora? O que aconteceu com a Kéfera?

Zuleika não obteve resposta para suas perguntas. O programa já estava no ar para todo o Brasil. Ela abriu seu melhor sorriso para a câmera e começou a improvisar.

— Boa noite, Brasil! Boa noite, senhoras! Boa noite, senhores! Boa noite, plateia! Estamos no ar com mais um *Domingueira*, seu programa preferido dos domingos. Hoje, nosso programa está recheado de atrações, e eu quero chamar aqui, pra abrir os trabalhos e bater um papo gostoso com a gente, ele, o inigualável, o irretocável, ele que tá bombando na internet, com mais de cinco milhões de acessos no YouTube, Beto Monteiro!

Quando Beto entrou no palco, o constrangimento de Zuleika foi perceptível até para o mais desatento telespectador. Ela fez as honras de praxe, cumprimentou-o cordialmente e convidou-o para sentar-se no sofá.

— Beto! Quanto tempo! Pra quem não sabe, o Beto era meu colega de emissora! Grande homem! Grande amigo!

— Tudo bem, Zuleika? Sentiu muito minha falta?

— Muito! Muito mesmo! Você é um menino de ouro!

— Nem faz tanto tempo assim, né, que a gente não se vê. Seis meses e alguma coisinha... Mas muita coisa pode acontecer em seis meses. Minha vida deu uma guinada. Mudou praticamente da água pro vinho desde aquele fatídico dia do episódio dos textos trocados. Você se lembra disso, Zuleika?

— Lembro. Foi um episódio lamentável.

— Você sabe que não? Eu não lamento nada. Depois desse episódio, minha vida só andou pra frente.

Neste momento, Zuleika escutou algo pelo ponto eletrônico.

— OK, OK — disse ela para o público. — Beto, a direção tá falando que temos um vídeo pra mostrar. Deve ser alguma das matérias que você gravou pro seu programa. Vamos dar uma olhada? Roda o VT.

Quando Zuleika deu o sinal, apareceu num telão justamente o episódio em que Beto confundia os textos. A plateia inteira caiu no riso. Zuleika, visivelmente embaraçada, não sabia o que fazer. Não sabia como conduzir o programa nem o que dizer para sua atração.

— Produção, o que está acontecendo? — perguntou ela pelo ponto eletrônico. — Por que estamos passando esse vídeo?

A exibição do vídeo chegou ao fim. Beto pegou seu microfone e começou a falar:

— Você não sabe por que esse vídeo foi exibido? Pois bem, eu solicitei a exibição dele. Nada que todo mundo já não tenha visto; afinal de contas, esse foi um dos vídeos mais compartilhados na internet esse ano. O nome disso é SU-CES-SO! Mas do que exatamente é feito um *case* de sucesso? De muitas coisas, e, no meu caso, eu tive que contar com um empurrãozinho. Por isso estou aqui hoje, Zuleika, para agradecer *seu* empurrãozinho.

— Ah, que isso, Beto! Não precisa! Nós sempre fomos tão amigos...

— Eu nunca fui seu amigo! — respondeu Beto num tom seco e enérgico. — E sabe por quê? Porque eu não tenho amigos sabotadores e preconceituosos. Eu tenho, sim, amigos maravilhosos, inteligentes, espertos. E fãs também. Um deles, inclusive, fez uma edição desse vídeo, que vou mostrar para todo o Brasil. E antes que você, querida dona de casa, você que está na plateia, me pergunte como foi que consegui estar aqui hoje, nesse programa, ao lado... Bem, eu não posso poupar elogios a essa moça, porque costumo ser muito honesto com meu público... Ao lado dessa víbora, eu te respondo: eu fiz amigos leais por onde passei e não seria diferente aqui na emissora. Vamos ao vídeo.

Dito isso, Beto acionou um controle remoto que mostrou o mesmo vídeo, só que em câmera lentíssima e focado no fundo do cenário. Neste vídeo, era possível ver Zuleika entregando um pen-drive para o operador do *teleprompter*.

— Que fique bem claro para o Brasil e para o mundo quem é Zuleika Vieira — prosseguiu Beto. — E agora eu quero falar direto com você, anunciante — disse Beto, olhando para a câmera. — Você gostaria de associar sua marca a uma mulher capaz de tudo para vencer na vida? Em que ponto a ambição deixa de ser uma qualidade admirável e passa a ser algo doentio? Ainda há muito que resistir! Mas o mundo mudou, e as grandes marcas já perceberam isso. Cada vez mais queremos liberdade para ser o que somos! Homofóbicos, racistas, transfóbicos, misóginos e machistas não passarão!

Terminadas suas palavras, Beto foi ovacionado pela plateia.

— Os comerciais, por favor! — gritou Zuleika, histérica.

Beto despediu-se do público e saiu de cena. Zuleika não sabia qual era a próxima atração, mas isso já não importava. Pelo ponto eletrônico, havia recebido a notícia de que aquele era seu último programa e de que estava demitida.

No Aeroporto em Guarulhos, uma voz anunciava pelo autofalante:

— Atenção, senhores passageiros, última chamada para o voo de Joanesburgo. Embarque imediato no portão 3.

— Ai, ai, Beto... Cadê você? — disse Laura, atribulada com uma bolsa a tiracolo e o celular, tentando falar com o amigo. — Caixa postal. Caramba! Atende logo esse telefone! Nós vamos perder o voo. Onde foi que esse maluco se meteu? Sinto muito, Beto, mas não posso mais te esperar... Tenho minha agenda de discotecagem pra cumprir.

Mesmo preocupada com Beto, Laura saiu correndo pelo aeroporto. Será que tinha acontecido algo grave? Beto nunca havia furado numa viagem com ela. E agora eles iriam pra Joanesburgo! Nunca tinham estado na África, e Laura sabia que conhecer o continente era um sonho de Beto. Deixou os pais de sobreaviso. Queria notícias de Beto o mais breve possível.

Entrou na aeronave ainda atordoada pela correria. Pegou sua passagem e conferiu o número da poltrona. Ao chegar no lugar reservado, um passageiro estava sentado na poltrona ao lado, lendo uma revista *Billboard*.

— Ei, moço! Tem alguma coisa errada. Você não pode estar nessa poltrona... Ela tá reservada pro meu amigo. Tudo bem que ele ainda não chegou, mas...

O rapaz abaixou a revista e lançou uma pergunta:

— Você viu que saiu outra matéria com você na *Billboard*? Tá fazendo sucesso, hein?

— Júnior! — disse Laura, embasbacada, ao constatar quem viajaria ao seu lado. — O que é que você tá fazendo aí?

— Como assim? O que as pessoas fazem sentadas numa poltrona de avião? Viajam!

— Mas esse lugar é do Beto! — Nesse momento, a ficha de Laura caiu. — Ah, então foi por isso que esse filho da mãe não apareceu até agora! O que é que você fez pra convencer ele, hein? E pensar que ele te chamava de ebó mal despachado...

— O Beto embarca amanhã. Fica tranquila. Eu não sequestrei seu amigo.

Laura guardou sua bagagem de mão no compartimento e sentou-se ao lado de Júnior.

— Pensou? — perguntou ele.

— Em quê?

— Na minha proposta. Lembra? Ficar com você por meses, anos, séculos, milênios.

— Sabe que ainda não?

— Bem... Daqui até a África são oito horas e meia de viagem. Você vai ter bastante tempo pra pensar... E se mesmo assim for pouco, eu tenho a vida inteira pela frente. Sou um cara paciente.

Laura deu um sorriso amarelo e sentou-se ao lado de Júnior. Pegou na mão dele e os dedos dos dois se entrelaçaram. Ela encostou a cabeça no ombro dele. Com a outra mão, Júnior começou a fazer cafuné nos cabelos dela.

O avião decolou. Em breve, estariam em outro continente, onde as pessoas falam outros idiomas, conhecendo novos costumes, tendo de se adequar ou se reinventar num novo lugar. Laura já estava acostumada a essa vida maluca. O que ela não estava acostumada era àquele travesseiro humano que agora estava ao seu lado. A bem da verdade, era um pouco desconfortável descansar a cabeça nos ombros magrelos de Júnior e ficar torta, deitada um pouco de lado, mas, no seu íntimo, pensou que a falta de conforto físico era compensada pelo excesso de calor humano que aquela situação propiciava. Já sabia qual era sua resposta, mas os dedos de Júnior, escorregando pelo seu cabelo, causavam uma sensação tão boa que ela não queria interromper aquele carinho. Deixaria para dizer a ele quando desembarcassem em Joanesburgo.

FIM.

Este livro foi composto em Adobe Garamond Pro e impresso pela RR Donnelley
para a Editora Planeta do Brasil em agosto de 2016.